Collection créée par Georges Décote

Je m'en vais
(1999)

JEAN ECHENOZ

CHRISTINE JERUSALEM

maître de conférences en littérature contemporaine
à l'IUFM de Lyon

Sommaire

Lectures analytiques

Les indications de page renvoient à l'ouvrage des Éditions de Minuit, collection « Double » (2001), qui comporte un entretien avec l'auteur, « Dans l'atelier de l'écrivain ».
© Éditions de Minuit, 1999.

Édition : Bertrand Louët

Maquette : Tout pour plaire

Mise en page : Graphisme

Je m'en vais (1999)

Jean Echenoz (1947)

Roman   XXᵉ siècle

RÉSUMÉ

Marchand d'art contemporain, Félix Ferrer quitte Paris pour aller à la recherche d'un trésor enfoui dans les glaces du pôle Nord : des objets inuits qui, selon l'associé de Ferrer, Louis-Philippe Delahaye, se trouvent dans la *Nechilik*, un navire échoué sur la banquise depuis un demi-siècle. C'est le début d'une aventure riche en rebondissements : voyage dans le Grand Nord, retour à Paris, vol du trésor, enquête, nouveau déplacement en Espagne... Une aventure qui en compte d'autres : celles de Ferrer, qui, tout au long du roman, multiplie les conquêtes amoureuses.

PERSONNAGES PRINCIPAUX

Ils sont quatre, dont un qui n'apparaît que brièvement dans le roman mais qui est le personnage principal d'un autre roman de Jean Echenoz (*Un an*, 1997).

– **Félix Ferrer** : le « héros » sur lequel le roman concentre son attention. Le lecteur suit ses déplacements et sait tout de sa vie sentimentale.

– **Louis-Philippe Delahaye** : personnage complexe que l'on croit mort mais qui revit sous une autre identité (Baumgartner). Il occupe une place importante dans *Un an*.

– **Victoire** : une des maîtresses de Ferrer. Elle disparaît rapidement de sa vie et l'on sait peu de choses sur elle dans *Je m'en vais* mais *Un an* révèle quelle a été sa vie après avoir quitté Ferrer.

– **Hélène** : compagne officielle de Ferrer à la fin du roman. Elle représente la femme fatale et l'amour impossible.

1. La réécriture de modèles romanesques

Jean Echenoz s'amuse avec les codes stéréotypés de certains sous-genres romanesques (roman policier, roman d'aventures, roman sentimental). Ce roman est ainsi profondément intertextuel. Il reprend des schémas conventionnels pour les détourner, s'en moquer et faire sourire le lecteur. L'ironie, marque stylistique de ce récit, n'est cependant jamais corrosive. Elle est, au contraire, un hommage affectueux à l'art du roman.

2. Visions de l'homme

Cet humour n'empêche pas de donner une image très pessimiste des relations entre les hommes. L'homme semble voué à l'échec sentimental, à la solitude et à l'ennui. La structure circulaire du roman montre l'incapacité des personnages à se dépasser, à aller vraiment ailleurs.

3. Visions du monde

Je m'en vais est un titre à la fois trompeur et tristement réaliste : dans ce roman, on ne s'en va pas mais tout s'en va, tout échappe au héros ballotté dans un monde qu'il ne comprend plus. C'est le monde des inégalités sociales ou géopolitiques. Ce n'est pas un hasard si le héros est malade. Sa maladie (rien moins qu'un accident cardiaque) est le symptôme d'un monde qui a mal au cœur, d'un monde atteint dans son cœur.

PREMIÈRE PARTIE

Résumé
et repères
pour la lecture

Mise en place du récit : un double départ

RÉSUMÉ

L'ensemble de cette mise en place du récit correspond à deux chapitres qui rendent bien compte de la structure complexe du roman. Le chapitre 1 plonge le lecteur *in media res* (en plein milieu de l'action) dans l'histoire : un homme, nommé Félix Ferrer, quitte brusquement et définitivement sa femme Suzanne. Il en rejoint une autre (Laurence) mais le narrateur ne s'attarde pas sur leurs retrouvailles : sans que le lecteur en sache plus, Félix Ferrer repart, à la fin du chapitre 1, vers son atelier.

Le chapitre 2, loin de raconter ce que Ferrer va faire dans son atelier, déplace l'action six mois plus tard. Il s'agit toujours de Félix Ferrer qui, cette fois, ne prend pas le métro (pour retrouver sa maîtresse) mais l'avion (pour embarquer vers le Grand Nord).

REPÈRES POUR LA LECTURE

Des premiers aux derniers mots

Les premiers mots du roman (« Je m'en vais, dit Ferrer, je te quitte. », p. 7) renvoient au titre du roman et montrent par là que l'idée de départ est essentielle dans ce récit. Ils renvoient également à la fin du livre et aux dernières paroles de Ferrer (« Je prends juste un verre et je m'en vais. », p. 226). Le roman présente donc une structure circulaire à la fois géographique (le point de départ renvoie au point d'arrivée) et temporelle (l'action se déroule sur un an, du 1er janvier au 1er janvier). Cette structure en boucle jette un doute sur la possibilité de voyager, de se déplacer et de s'en aller réellement.

Du chapitre 1 au chapitre 2 : alternance de temps et de lieux

L'enchaînement de ces deux chapitres illustre le principe de composition du roman. Les chapitres ne se suivent en effet pas de manière linéaire et chronologique, puisqu'il sont séparés temporellement (six mois de décalage entre les deux actions décrites) et géographiquement (passage d'une action ancrée à Paris à une action située au pôle Nord). L'ensemble du récit respecte cette alternance en introduisant des variantes géographiques et temporelles : la première partie du roman repose sur une alternance Paris/pôle Nord, tandis que la seconde propose une alternative Paris/Sud-Ouest. De manière concordante, dans la seconde moitié du roman, le temps, qui sépare les chapitres pairs et impairs, se resserre.

Suspense et liens entre les chapitres

Ces deux premiers chapitres mettent en place une certaine idée du suspense : le lecteur a la solution de ce qui se passe après le premier chapitre non pas dans le chapitre 2 mais dans le chapitre 3. En revanche, l'effet de discontinuité narrative est contrecarré par des soudures stylistiques entre les chapitres. Si les actions n'ont rien à voir d'un chapitre à l'autre, le narrateur se plaît à souligner, du point de vue de l'écriture uniquement, des ressemblances, des liens, entre ces différents morceaux de texte éclatés. Ainsi, le chapitre 2 s'enchaîne avec le précédent, par la mention de la coïncidence temporelle (« vers dix heures également », p. 10) qui renvoie au chapitre 1 et au départ de Ferrer dans son atelier à cette heure (p. 9). Dans le roman, il existe ainsi, par-delà l'éclatement spatio-temporel, un tressage très fort entre les différents chapitres.

Le voyage à bord du *Des Groseilliers* : l'art du dédoublement

RÉSUMÉ

Le chapitre 3 donne des précisions sur Félix Ferrer, le personnage principal. Il est le directeur d'une galerie d'art contemporain du 9ᵉ arrondissement de Paris. Le chapitre 5 poursuit la scène d'exposition : Ferrer est assisté dans ses fonctions par Delahaye. Après avoir quitté femme et maîtresse, Ferrer a emménagé dans un nouvel appartement, rue d'Amsterdam. Comme les affaires dans le monde de l'art contemporain vont mal, il est très sensible à l'histoire que lui raconte son associé, Delahaye : un navire, la *Nechilik*, a échoué en 1957 au pôle Nord, avec à son bord un trésor d'antiquités inuit de très haute valeur. On comprend dès lors mieux le voyage vers le pôle Nord décrit dans le chapitre 2 et sur lequel les chapitres 4 et 6 donnent d'amples précisions (descriptions du paysage, passage initiatique du cercle polaire).

REPÈRES POUR LA LECTURE

Jeux de doubles

Les quatre chapitres multiplient les effets de dualités jouant sur des oppositions. C'est d'abord l'opposition de lieux antithétiques (le pôle Nord et Paris) comme d'arts bien différents (l'art contemporain/l'art lié aux antiquités du pôle Nord). C'est ensuite l'opposition entre deux personnages masculins rivaux : Ferrer, structuré et élégant, tranche avec le second rôle effacé et sans grâce, Delahaye. C'est enfin la coexistence entre deux types de personnages féminins : Victoire, l'amie de Delahaye qui apparaît dans le chapitre 5, s'oppose (par son caractère mystérieux, fermé, peu sociable) à l'infirmière Brigitte (chapitre 6), personnage plus accessible, à qui Ferrer peut faire la cour.

Jeux de décalages par rapport au roman d'aventures

Alors que dans un roman d'aventures classique, les événements sont nombreux et extraordinaires, il ne se passe rien pendant le voyage de Félix Ferrer. C'est au contraire l'ennui qui domine, couronné par une farce, le franchissement du cercle polaire au chapitre 6, qui prend des allures de bizutage ridicule.

Une satire de l'art contemporain

Les œuvres d'art exposées dans la galerie de Ferrer donnent une vision caricaturale de l'art contemporain. Les œuvres d'art se réduisent à des installations absurdes et comiques : monticules de sucre de glace et de talc, agrandissements photographiques de piqûres d'insectes, enregistrements du sommeil d'un artiste (p. 25). Le marché de l'art ne se porte pas bien : d'où l'intérêt de Ferrer pour les œuvres ethniques.

DU CHAPITRE 7 AU CHAPITRE 9 (pages 37 à 58)

La quête du trésor

RÉSUMÉ

Le chapitre 7 fait écho au chapitre 5. Il installe les principaux repères de la vie de Félix Ferrer avant qu'il ne quitte Paris pour le Grand Nord. Victoire, le personnage féminin présenté rapidement au chapitre 5 comme une amie de Delahaye, s'est installée dans l'appartement de Ferrer. Ce dernier se renseigne activement sur le trésor promis par son associé. Mais le chapitre 9 ménage deux coups de théâtre : Ferrer est victime d'une maladie (un « bloc auriculo-ventriculaire », p. 55) qui lui donne l'apparence d'un mort. Victoire, croyant qu'il est effectivement mort et se sentant coupable, s'enfuit. Ferrer se réveille sans savoir qu'il est malade, ni pourquoi Victoire n'est plus là. Il la cherche en vain… Second coup de théâtre : son associé, Delahaye, a également disparu.

Selon le montage alterné qui structure le roman, on retrouve Ferrer (au chapitre 8 et au pôle Nord) partant à la recherche du trésor inuit accompagné par deux guides esquimaux.

L'art des portraits

Jean Echenoz ne décrit pas longuement ses personnages. Il esquisse, comme un dessinateur, des portraits qui ne retiennent que l'essentiel. Victoire se réduit à un regard (« un iris vert électrique », p. 37) et Delahaye se résume à une tenue négligée (« informe parka » et « jogging vert », p. 38). Les personnages secondaires sont croqués de la même manière, en ellipse et en raccourci, comme l'artiste Gourdel : « Quarante-huit ans, mouche de poils sous la lèvre inférieure et veste en velours » (p. 41).

Le refus d'une approche psychologique

L'écrivain ne livre pas les sentiments des personnages mais les portraits physiques remplacent l'analyse psychologique. Victoire, par son apparence, apparaît comme un personnage rebelle, mystérieux, insaisissable. Delahaye, avec ses vêtements négligés, ressemble à un personnage douteux, tandis que la tenue très élégante et très soignée de Ferrer le désigne, au contraire, comme un être qui veut contrôler les situations et maîtriser sa vie.

Une vie faite d'ennui

Les personnages ont un point commun : ils s'ennuient. Victoire ne travaille pas et passe son temps devant le téléviseur. Réparaz, un des clients de la galerie de Ferrer, « gagne énormément d'argent dans les affaires où il s'ennuie énormément » (p. 39). Ferrer, qui a éprouvé la longueur du temps sur le bateau *Des Groseilliers*, ne peut pas parler et échanger avec ses guides.

Disparition de Delahaye, découverte du trésor

RÉSUMÉ

Le chapitre 10 poursuit la narration du voyage de Ferrer au pôle Nord : chasse contre les moustiques, problèmes avec les chiens de traîneau, remplacement des chiens par des motoneiges, vie quotidienne dans l'Arctique racontée de manière comique.

Le chapitre 11 déplace l'action à Paris : il décrit l'enterrement de Delahaye, en présence de Ferrer, et fait apparaître un nouveau personnage, Baumgartner, dont on ne sait rien.

Le chapitre 12 renoue avec le voyage de Ferrer dans le pôle Nord : le trésor « d'art paléo-baleinier rarissime » (p. 77) est découvert.

REPÈRES POUR LA LECTURE

L'humour

Le récit multiplie les scènes comiques. Il s'agit souvent d'un comique gestuel et burlesque. Au pôle Nord, Ferrer est attaqué par des moustiques et se défend en fumant trois cigarettes à la fois. À Paris, il ne sait que faire lors de l'enterrement de Delahaye et agite en tous sens le goupillon[1] que lui tend le prêtre, sous le regard étonné de l'assistance. En ridiculisant le héros, le roman désamorce les scènes dramatiques : la mort de Delahaye ne suscite pas d'émotion mais donne lieu à des petites scènes théâtrales drôles.

---

1. Tige creuse dont on se sert pour asperger d'eau bénite au cours des cérémonies religieuses.

Le pôle Nord

La description du pôle Nord inverse les représentations traditionnellement liées à cet espace. Ce n'est pas un territoire vierge mais un lieu souillé par des déchets, un lieu pollué (les motoneiges laissent des taches d'huile sur la glace). Le roman refuse d'en faire un lieu exotique en établissant des comparaisons qui ramènent l'inconnu à du connu (le phoque apparaît ainsi comme « l'équivalent polaire du porc », p. 62).

La voix du narrateur

Le narrateur intervient discrètement mais régulièrement dans la narration. Dès le chapitre 1, il se manifeste sous la forme d'un « Je » (« Il parvint au sixième étage moins essoufflé que j'aurais cru », p. 8). Au chapitre 9, il se fond dans le pronom personnel « nous » (p. 58). Au chapitre 11, il s'adresse au lecteur en le vouvoyant (p. 65). Ces interventions permettent d'établir une complicité avec le lecteur. Elles introduisent également des effets de distanciation par rapport à l'illusion romanesque car elles soulignent le caractère artificiel de la narration.

DU CHAPITRE 13 AU CHAPITRE 16 (pages 79 à 103)

Quelques jours de la vie de Baumgartner et de Ferrer

RÉSUMÉ

Baumgartner rencontre Le Flétan, qui se drogue et vit dans la marginalité. Il lui propose une mission dont on ne sait rien (chapitre 13). Baumgartner quitte Paris pour le Sud-Ouest où il fait du tourisme (chapitre 15). Ferrer, lui, séjourne à Port Radium : en attendant que les conteneurs pour transporter le trésor soient fabriqués, il fait connaissance avec une famille esquimau et séduit une jeune fille (chapitre 14). Il rentre en France au début de l'été (chapitre 16).

Paris, ville de contrastes

Le roman présente des aspects contrastés de la ville. Il oppose ainsi les quartiers luxueux (le 16ᵉ arrondissement de Paris où vit Baumgartner, chapitre 15) aux quartiers pauvres et populaires (le 18ᵉ arrondissement où vit Le Flétan, chapitre 13). D'un côté des villas placées dans de vastes jardins, p. 92 ; de l'autre des immeubles menacés par la ruine, p. 80. C'est l'occasion pour le narrateur de se moquer des personnes riches : elles dissimulent des logements très agréables derrière des boulevards très austères pour faire croire qu'elles s'ennuient (p. 92).

Ferrer et Baumgartner

La description des deux personnages principaux s'établit également à partir de contrastes. Baumgartner est un homme solitaire, Ferrer est un séducteur qui cherche sans cesse de nouvelles aventures sentimentales. Les déplacements en métro sont révélateurs de ces traits de caractère : Baumgartner utilise les strapontins qui évitent tout contact avec les autres tandis que Ferrer préfère les banquettes (p. 84).

La vie à Port Radium

Ferrer s'ennuie dans une ville vide (hôtel inoccupé, rues désertes). Les activités des habitants sont présentées sous un jour comique : tombes creusées au moment du dégel pour les futurs morts, construction d'une maison en kit grâce à une vidéocassette explicative remplacée ensuite par une cassette pornographique (p. 89), plaisir de la chasse au phoque (p. 91).

Le vol du trésor

RÉSUMÉ

Le trésor inuit est expertisé mais Ferrer néglige de l'assurer. Ferrer a une aventure d'une nuit avec une jeune femme, Sonia. Il reçoit un coup de téléphone de la veuve de Delahaye qui l'interroge avec insistance sur l'existence du trésor. Un examen cardiologique révèle que son état physique n'est pas bon (chapitres 17 et 19). Pendant ce temps, Baumgartner, toujours dans le Sud-Ouest, téléphone au Flétan et lui demande de louer un fourgon frigorifique (chapitre 18). Le Flétan s'acquitte de la tâche. Baumgartner, de retour à Paris, se promène dans le cimetière d'Auteuil, où, coïncidence, est enterré Delahaye. Il est pris par hasard en photographie par des paparazzi qui travaillent pour un journal à sensations (chapitre 20). Le chapitre 21 ménage un coup de théâtre : Ferrer découvre que le trésor a été volé.

REPÈRES POUR LA LECTURE

L'amorce des chapitres

Les chapitres s'ouvrent souvent par des phrases qui interpellent le lecteur : « Et tiens, qu'est-ce qu'on disait, deux jours n'ont pas passé qu'en voilà déjà une. » (chapitre 17, p. 104) ; « Mais ne serait-il pas temps que Ferrer se fixe un peu ? » (chapitre19, p. 115). Ces phrases fonctionnent comme des « accroches » et donnent au récit un rythme dynamique.

Une scène érotique comique

Après une scène de séduction classique (discours qui vise à impressionner, repas au restaurant), Ferrer boit un dernier verre chez Sonia. Plusieurs comparaisons ridiculisent l'acte sexuel : les personnages se déplacent vers le lit « maladroitement de guingois, tels deux crabes enlacés », le soutien-gorge de Sonia ressemble à « une paire de lunettes de soleil géantes » (pp. 108-109). Le comique atteint son apogée avec la présence intrusive des cris de l'enfant répercutés par le Babyphone. C'est un comique qui joue sur l'exagération (les clameurs du Babyphone envahissent, contre toute vraisemblance, tout l'immeuble).

Des correspondances entre le pôle Nord et Paris

Malgré l'alternance spatiale entre les chapitres (Paris/le pôle Nord,) l'écriture établit des passerelles entre les deux univers géographiques. Dès le chapitre 3, le réfrigérateur de Ferrer annonce le voyage que le personnage fera dans le grand nord : il contient un iceberg naturel dans le freezer (p. 16). Au chapitre 16, le silence de Paris ressemble à celui de la banquise (p. 102). Au chapitre 18, le camion frigorifique rappelle la thématique polaire, largement développée au chapitre suivant : le camion est tout en angles « comme les baraquements de Port Radium (p. 119). L'éclatement de la structure romanesque est ainsi contrebalancé par une série d'échos thématiques qui construisent (comme les reprises d'un chapitre à l'autre) une nouvelle unité.

DU CHAPITRE 22 AU CHAPITRE 23 (pages 131 à 145)

La mort du Flétan, la crise cardiaque de Ferrer

RÉSUMÉ

Baumgartner rejoint Le Flétan dans une zone industrielle du 12e arrondissement. Le Flétan transporte de mystérieux conteneurs (s'agit-il du trésor inuit ?) du camion frigorifique à la voiture de Baumgartner. Baumgartner se débarrasse ensuite de son complice en l'enfermant dans la fourgonnette où Le Flétan meurt congelé (chapitre 22). Pendant ce temps, Ferrer porte plainte pour vol au commissariat et parcourt Paris à la recherche d'une banque qui lui octroierait un prêt financier. C'est dans l'une de ces agences bancaires, située rue du 4-Septembre, qu'il croise une élégante jeune femme. À peine a-t-il le temps de la dévisager : il est brutalement victime d'une crise cardiaque et transporté à l'hôpital (chapitre 23). Le chapitre suivant décrit le séjour de Ferrer à l'hôpital : le malade reprend lentement des forces. Il reçoit la visite d'Hélène, la jeune femme aperçue rue du 4-Septembre.

Parodie d'une scène de crime

L'exécution du Flétan relève de la parodie : il est tué d'une manière qui n'a rien d'original : « On tue les gens comme ça dans tous les téléfilms », s'exclame la victime (p. 136). Ironie du sort : Le Flétan, dont le nom propre est aussi celui d'un poisson, meurt congelé. Le lecteur n'éprouve aucune compassion pour cette mort grotesque.

Paris, une ville en chantier

Le roman propose une vision réaliste de Paris : c'est une ville polluée (p. 140), riche en contrastes sociaux dont le texte rend compte à l'aide de périphrases[1] ironiques. Le 12e arrondissement « qui est un peu plus habité à cette époque que le 16e, la population prenant moins souvent de congé dans celui-là que dans celui-ci » est peuplé d'immigrés, « des natifs du tiers-monde » (p. 132). La rue du 4-Septembre est au contraire un quartier d'affaires, dominé par l'argent.

Hélène, une femme mystérieuse

Hélène représente l'idéal féminin : physique parfait et puissance érotique (pp. 142-143) que le narrateur commente de manière ironique (Hélène semble sortie d'un « film érotique dur », p. 143). La jeune femme est mystérieuse : elle parle peu, comme Victoire. La rencontre amoureuse semble pourtant dès le début compromise :

---

1. Figure de rhétorique qui consiste à dire en plusieurs mots ce qui se pourrait dire en un seul.

« Ferrer sentit dès les premiers instants que ça n'allait pas marcher entre eux » (p. 150).

Baumgartner en voyage, Ferrer convalescent à Paris

RÉSUMÉ

Baumgartner séjourne dans le Sud-Ouest, d'abord à Mimizan-Plage (chapitre 25) puis à Biarritz (chapitre 28). Ce chapitre établit pour la première fois un lien clair entre Baumgartner et le vol du trésor inuit : Baumgartner cherche en effet dans la presse un article mentionnant un vol d'antiquité (p. 173). Sur la route entre Auch et Toulouse, il prend une jeune femme en autostop. La jeune femme s'endort aussitôt tandis que Baumgartner la reconnaît : il s'agit de Victoire, la femme qui accompagnait Delahaye au début du roman et qui a mystérieusement et subitement quitté le domicile de Ferrer. Baumgartner dépose Victoire à la gare de Toulouse sans discuter avec elle.

Pendant ce temps, Ferrer se repose à l'hôpital (chapitre 26). Hélène rend régulièrement visite au malade et la relation amicale entre les deux personnages s'approfondit. On apprend qu'Hélène est médecin mais qu'elle n'exerce plus son métier (p. 157). Ferrer reprend ses activités de galeriste (chapitre 27) et confie ses déboires à Hélène (p. 169).

REPÈRES POUR LA LECTURE

Les liens entre *Je m'en vais* et *Un an*

Dans le chapitre 28, Baumgartner identifie Victoire. Le texte, cependant, ne mentionne pas le nom de Victoire. Seul le lecteur, qui a lu le précédent roman de Jean Echenoz, *Un an* (1997) peut connaître le nom de la jeune femme. Dans ce roman, en effet, la même scène est décrite, en adoptant non pas le point de vue de Baumgartner mais celui de Victoire. *Je m'en vais* et *Un an* forment ainsi un dyptique[1] : on trouve dans les deux récits les mêmes personnages (Victoire, Delahaye, Ferrer) mais avec des angles d'approche différents : *Un an* privilégie le personnage de Victoire tandis que *Je m'en vais* focalise l'attention sur Ferrer.

L'implicite du texte : le personnage de Baumgartner

Le lecteur qui a lu *Un an* possède des clés pour comprendre le mystère du vol du trésor inuit. Il sait en effet, grâce à la scène de l'autostop, que Baumgartner et Delahaye ne forment qu'un seul et même personnage. C'est donc Delahaye, l'associé de Ferrer, qui a dérobé les antiquités. Rétrospectivement, le lecteur comprend les indices qui désignaient implicitement Delahaye comme suspect : le cercueil qui sonne creux (p. 66), l'insistance de la veuve de Delahaye envers Ferrer (p. 110), le geste de Baumgartner devant la tombe de Delahaye (il redresse un pot de fleurs, p. 125).

Personnages principaux et personnages secondaires

Le roman entrecroise différents types de portraits. Il multiplie les portraits de personnages croisés fugitivement : familles en vacances dans le Sud-Ouest (p. 153), clients de la galerie de Ferrer (Réparaz, p. 162), artistes (Spontini, p. 169)… Simultanément, il propose un portrait plus approfondi d'Hélène (p. 164) et analyse d'un point de vue psychologique l'attitude de Ferrer vis-à-vis de cette femme (p. 166).

---

1. Œuvre picturale composée de deux parties. Par analogie, toute œuvre composée de deux parties.

Progression de l'enquête et des amours de Ferrer

RÉSUMÉ

L'enquête est confiée à un dénommé Supin qui découvre dans les poches du Flétan un numéro d'immatriculation permettant d'identifier la Fiat de Baumgartner (chapitre 29). Ce dernier, constatant qu'il est suivi par un motocycliste, décide de fuir en Espagne. Après avoir franchi la frontière, il est arrêté par la douane volante qui, finalement, le laisse poursuivre sa route. Baumgartner s'installe à Saint-Sébastien (chapitre 30). Grâce à ce contrôle douanier, Supin annonce à Ferrer qu'il a retrouvé la trace de Baumgartner (chapitre 31). Ferrer, qui vient de divorcer (p. 194) semble de plus en plus intéressé par Hélène. Mais pour les besoins de l'enquête, il est contraint de quitter Paris et de se rendre à Saint-Sébastien.

REPÈRES POUR LA LECTURE

Une enquête menée par le hasard

L'enquête menée par Supin repose sur d'heureuses coïncidences et non sur une recherche méticuleuse et rationnelle d'indices. Le roman se moque ainsi des éléments qui composent traditionnellement un roman policier.

Une communication difficile

Les relations de Ferrer avec les femmes sont difficiles. Les femmes paraissent agressives (comme Suzanne dont il divorce) ou inaccessibles (comme Hélène avec qui il a du mal à parler). Dans le lot des conquêtes de Ferrer (Laurence, Brigitte, Victoire, Bérangère, Sonia) Hélène est le personnage féminin le plus mystérieux, le plus insaisissable (p. 196).

L'art des digressions

Un certain nombre de digressions[1] suspendent l'action du récit. Parmi ces digressions, on note la place importante de réflexions qui généralisent une expérience singulière. Le narrateur se livre ainsi à l'analyse du maquillage (p. 197). Ce passage, écrit au présent de vérité générale, imite la forme d'un discours anthropologique[2] : il adopte un ton faussement sérieux (typologie des différentes formes et fonctions du maquillage) pour mieux se moquer d'un thème apparemment frivole.

Règlements de compte

RÉSUMÉ

Le chapitre 33 s'ouvre sur un coup de théâtre : Ferrer comprend que Delahaye, alias Baumgartner, est coupable du vol. Ferrer a la tentation de tuer son associé mais y renonce. Les deux hommes se quittent sur un compromis : moyennant finances, Delahaye révèle à Ferrer l'emplacement du trésor. De retour à Paris, après avoir récupéré le trésor, Ferrer renoue contact avec Hélène qui devient d'abord son assistante puis sa compagne (chapitre 34). Le couple s'installe dans l'appartement de Ferrer, rue d'Amsterdam, mais projette de déménager. Ferrer revoit Victoire par hasard dans un bar, sans qu'il y ait entre eux de véritables explications. Arrive le soir du 31 décembre (un an s'est écoulé entre le début du roman et la fin). Hélène déclare à Ferrer qu'elle va rejoindre un artiste, Martinov et qu'elle a des doutes sur leur avenir sentimental. À nouveau seul, Ferrer se décide à retrouver Suzanne et le foyer conjugal. Mais arrivé sur place, il constate que Suzanne a

---

1. Récits ou développements secondaires, sans rapport avec le sujet principal.
2. Discours scientifique étudiant l'homme.

déménagé… C'est une inconnue qui lui propose de boire un verre. Ferrer accepte mais déclare qu'il va s'en aller…

REPÈRES POUR LA LECTURE

La vitesse du récit

Si le roman a, dans les pages précédentes, multiplié les digressions et les pauses, il accélère ici le mouvement. Tout se résout rapidement : résolution du vol du trésor, amour avec Hélène, séparation avec Hélène. L'écriture multiplie les ellipses[1] en jouant à la fois avec les commentaires du narrateur (« Continuons d'avancer, maintenant, accélérons. », p. 214) et les indicateurs temporels (« assez vite », « très vite », « dans les semaines qui suivent », pp. 217-218).

Le retour des personnages

Comme dans les pièces de théâtre, on retrouve, à la fin du roman, les personnages qui ont compté dans la vie de Ferrer. Personnages masculins secondaires, comme Supin, Réparaz… Personnages féminins, comme Victoire, croisée dans un bar, Sonia, qui essaie de reconquérir son amant… Tout le monde est en scène et pourtant Ferrer, dans les dernières pages, se retrouve seul, comme au début du roman.

Circularité du récit

La dernière phrase « je m'en vais. » renvoie au titre et au début du roman. Le héros a-t-il fait un tour de piste dans la fiction pour rien ? On ne sait. Entre temps, le portail de la maison a été repeint en rouge : c'est peut-être pour Ferrer le signe que les choses ont changé… Comme dans tous les romans de Jean Echenoz, la fin n'est pas le signe d'un dénouement. Elle laisse les choses en suspens. À charge pour le lecteur d'imaginer sa propre suite…

---

1. Élément passé sous silence.

DEUXIÈME PARTIE

Problématiques essentielles

QUELQUES ÉLÉMENTS BIOGRAPHIQUES

Jean Echenoz aime dire que ses romans forment « une autobiographie éclatée, cassée en mille morceaux et remontée autrement[1] ». On peut isoler des éléments clefs de ce puzzle.

▎La lecture, l'écriture et le jazz

Jean Echenoz est né à Orange en 1947. Très jeune, il se passionne pour la lecture et l'écriture. Dès l'âge de dix ans, comme il l'explique dans l'entretien (p. 249), il écrit des textes en tous genres. Pendant son adolescence, il découvre le jazz qui aura une grande importance dans sa vie et dans l'écriture de ses romans. Après des études supérieures en sociologie entreprises à Aix-en-Provence, il s'installe à Paris, où il exerce différents petits métiers (testeur de gadgets pour *Pif Gadget*, présentateur dans une radio néerlandaise…). Cela lui laisse le temps de poursuivre ses études (dans le domaine du génie civil) et surtout d'écrire. Il co-écrit ainsi le scénario d'un film, *Le Rose et le Blanc*[2], qui obtient le prix Georges-Sadoul, en 1981.

---

1. Revue, *Europe*, n° 888, avril 2003.
2. *Le Rose et le Blanc*, film de Robert Pansard-Besson.

L'œuvre de Jean Echenoz

En 1979, alors qu'il a moins de trente ans, son premier roman, *Le Méridien de Greenwich*, est publié aux Éditions de Minuit[1], maison d'édition à laquelle il sera toujours fidèle. Il rend d'ailleurs un hommage émouvant à leur fondateur, Jérôme Lindon, dans un texte (*Jérôme Lindon*) publié en 2001 peu après sa disparition.

Je m'en vais, son huitième roman, paraît en 1999 et reçoit le prestigieux Prix Goncourt qui lui assure une nouvelle notoriété. Certes, nombre de ses romans avaient déjà été récompensés : le prix Médicis, pour *Cherokee* (1983) ; le premier Grand Prix européen de littérature pour *Lac* (1989) ; le prix Novembre (devenu depuis prix Décembre) pour *Les Grandes Blondes* (1995). Mais avec *Je m'en vais* Jean Echenoz connaît un véritable succès populaire qui ne s'est pas démenti (*Ravel*, son dernier roman, a été l'un des *best-seller* de l'année 2006). Pour *Le Monde* il est le « romancier le plus marquant des années 80 ».

JEAN ECHENOZ

ET LES ROMANCIERS « IMPASSIBLES »

Jean Echenoz est considéré comme le chef de file de ceux que l'on a appelés, l'expression est de Jérôme Lindon, les « romanciers impassibles ». Cette « école » regroupe des écrivains publiés aux Éditions de Minuit comme Jean-Philippe Toussaint, Christian Oster ou encore Christian Gailly. Ce nouveau courant littéraire apparu à la fin des années 80 se caractérise par une « écriture minimaliste ».

---

1. Les Éditions de Minuit ont joué un rôle important dans la littérature française. Ce sont elles qui ont publié les écrivains du « Nouveau Roman » (Samuel Beckett, Claude Simon, Nathalie Sarraute, Marguerite Duras, Alain Robbe-Grillet...). Cf. *L'Amant* de Marguerite Duras, « Profil d'une œuvre » n° 195, par Sylvie Loignon.

Les écrivains impassibles et l'écriture minimaliste

Le « minimalisme » se définit d'une double manière. D'abord au plan du contenu narratif : les histoires sont très banales, voire insignifiantes, l'action et l'intrigue sont réduites au minimum. Ensuite au plan de la forme : le style adopté par les écrivains est volontairement neutre et froid. Les fictions « minimalistes » se situent donc aux antipodes de la tradition qui valorise les intrigues extraordinaires, la dramatisation, les émotions.

Le refus d'une écriture minimaliste

Au vu de ces critères, il apparaît clairement que l'écriture de Jean Echenoz n'est pas minimaliste. Tout d'abord l'histoire racontée dans *Je m'en vais* est loin d'être minimale. Elle se déroule en partie au pôle Nord, un espace éloigné de notre univers quotidien et fortement dépaysant. Elle est riche en actions (la recherche d'un trésor) et en rebondissements (le vol du trésor, le coup de théâtre révélant la véritable identité de Baumgartner alias Delahaye, les différentes rencontres amoureuses de Félix Ferrer). Ensuite, du point de vue stylistique, l'écriture, loin d'être « impassible », joue avec les mots, leurs sens et leurs sons et donne ainsi de notre monde une vision pleine d'humour.

LES ORIGINES DE *JE M'EN VAIS*

L'inspiration chez Jean Echenoz peut naître d'un mot (le titre d'un roman, comme pour *Les Grandes Blondes*[1]), du désir de lier entre eux des récits ou encore d'une image.

---

1. « Dans l'atelier de l'écrivain », p. 234.

▌L'image du *National Geographic*

C'est une photographie, trouvée par l'écrivain dans un vieux numéro de la revue *National Geographic*, qui a déclenché l'écriture de *Je m'en vais*. Il s'agit de l'image du bateau la *Nechilik* échoué dans les glaces, avec des chiens de traîneau au premier plan (c'est l'illustration qui sert de couverture à l'édition de poche du roman). En voyant cette photographie, Jean Echenoz a eu envie de situer son roman au pôle Nord : « J'étais aussi heureux de découvrir ça que Ferrer le sera dans le livre lorsqu'il retrouvera l'épave, j'ai recopié toute l'histoire dans mon carnet, j'aurais donné cher pour avoir une copie de la photo (j'ai fini par me la procurer) », déclare ainsi l'écrivain[1].

▌Les liens avec *Un an*

Je m'en vais est également né du désir de donner un contre-point au précédent roman de l'écrivain, *Un an*, publié en 1997. On retrouve en effet dans *Je m'en vais* trois personnages qui figuraient dans *Un an* : Félix Ferrer (que l'on croyait mort dans *Un an*), Delahaye (alias Baumgartner) et Victoire.

Résumé de *Un an*

Victoire, personnage principal de *Un an*, croyant Félix Ferrer mort, s'enfuit dans le Sud-Ouest de la France. Louis-Philippe Delahaye, son ami, retrouve régulièrement sa trace, même si les domiciles de Victoire sont de moins en moins fixes. Au bout d'un an (titre du livre) d'errance et à la fin du récit, elle rentre à Paris et, coup de théâtre, croise Ferrer dans un bar, en compagnie d'une belle femme. Ferrer lui apprend que Delahaye est mort...

Un code, pas une suite

Jean Echenoz a dit qu'il ne voulait pas, avec *Je m'en vais*, écrire la suite de *Un an* mais fournir un « code explicatif[2] ». *Je m'en vais*,

---

1. *Libération*, 16 Septembre 1999.
2. « Dans l'atelier de l'écrivain », pp. 230-231.

explique en effet un certain nombre d'éléments restés mystérieux dans *Un an* : la fausse mort de Ferrer (il a été victime d'un bloc auriculo-ventriculaire, « une manière de coma, presque impossible à distinguer de la mort clinique pour un profane » (pp. 54-55) ; la fausse mort de Delahaye (mise en scène par Delahaye pour voler Ferrer). On retrouve également, d'un roman à l'autre, des scènes identiques : l'épisode où Baumgartner/Delahaye prend en auto-stop Victoire ; l'épisode où Victoire croise Ferrer et Hélène dans un bar... Les deux romans forment un puzzle.

UN NOUVEAU GENRE

« Mes romans sont en général assez voyageurs et géographiques... », a déclaré Jean Echenoz[1]. En effet, *Je m'en vais* reprend certains éléments caractéristiques de différents sous-genres, pour les refondre en un nouveau genre : le « roman géographique ».

Un roman d'aventures, un roman policier, un roman de mœurs

On retrouve les ingrédients du roman d'aventures (le déplacement au pôle Nord, le récit d'exploration, la découverte d'un trésor). De même, on reconnaît des scènes caractéristiques du roman policier (le vol du trésor, le meurtre du Flétan, l'enquête...). Enfin, on peut considérer que *Je m'en vais* est aussi un roman de mœurs car il décrit la vie quotidienne d'aujourd'hui (les relations amoureuses entre les hommes et les femmes). Il dépeint également un milieu social particulier (le monde de l'art contemporain).

Un roman « géographique »

Pour donner une unité à cette mosaïque de sous-genres romanesques, Jean Echenoz a une formule : il affirme qu'il écrit des « romans géographiques ». Le cadre spatial occupe effectivement

---

1. *Ibid.*, p. 231.

une place importante dans *Je m'en vais* qui se déroule dans plusieurs lieux (le pôle Nord, Paris, le Sud-Ouest de la France, le Pays basque). L'idée de déplacement est aussi fondamentale, comme le montre le titre du roman. Les personnages parcourent à toute allure la planète en utilisant tous les moyens de locomotion possibles. Le roman géographique apparaît comme l'envers symétrique du roman historique.

2 | Une structure de récit complexe

Je m'en vais dure un an, du 3 janvier au 31 décembre. Mais cette unité cache une structure romanesque plus complexe.

LA COMPOSITION DU ROMAN

La structure romanesque classique suit souvent un ordre chronologique et linéaire. Les faits semblent s'enchaîner d'eux-mêmes. Cette organisation a deux fonctions : imiter le monde réel et faciliter la lecture. *Je m'en vais* remet en cause cette continuité.

Une composition par alternance

Les événements, dans *Je m'en vais*, sont retranscrits de manière éclatée et non chronologique. Chaque chapitre se centre sur un lieu, une période, un personnage, sans lien fort avec le suivant. Ce type de composition doit beaucoup au cinéma. En effet, c'est la technique cinématographique du « montage » (l'art d'enchaîner les scènes) qui permet le mieux de comprendre la structure du roman. Le cinéma propose deux types de montage : le « fondu-enchaîné » qui raccorde les scènes entre elles de manière linéaire et le montage « alterné » qui n'enchaîne pas les plans visuels et ménage ruptures et suspense. *Je m'en vais* est ainsi construit : les chapitres sont des séquences autonomes sans lien entre elles.

Dédoublement spatial et temporel

Jusqu'au chapitre 16 (retour de Ferrer en France), les lieux alternent. Les chapitres impairs se passent à Paris, les pairs dans les terres arctiques. La structure romanesque repose sur une esthétique du choc, du contraste entre deux univers antithétiques : le proche (Paris) et le lointain (le pôle Nord), le familier et l'étranger. Ce dédoublement spatial s'accompagne d'une opposition entre les personnages. Les chapitres impairs parisiens sont centrés sur Delahaye, alors que les chapitres pairs traitent de Ferrer au pôle Nord.

À cette alternance spatiale s'ajoute un décalage temporel : les chapitres relatent des événements que six mois séparent. Les actions situées en France ont lieu pendant l'hiver tandis que l'expédition au pôle Nord se déroule au moment du solstice, soit au mois de juin.

Le roman joue ainsi sur trois types de dualité : dualité des lieux (le pôle Nord/la France) ; dualité des personnages (Ferrer/Delahaye) ; dualité du temps (hiver/été).

Une structure brouillée

Cette alternance, qui ne facilite pas la tâche du lecteur, se complique encore dans la deuxième partie du roman.

Nouveaux dédoublements spatiaux

À partir du chapitre 17, l'opposition géographique ne repose plus sur le couple pôle Nord/Paris mais sur de nouvelles dualités. Les chapitres impairs sont toujours consacrés à Paris et à Ferrer mais les chapitres pairs se déroulent désormais dans le Sud-Ouest puis en Espagne, au pays basque. Cette alternance se poursuit jusqu'au chapitre 32 qui réunit Ferrer et Delahaye à Saint-Sébastien. Les chapitres qui suivent n'obéissent plus à la logique du montage alterné : le chapitre 33 se passe, comme le chapitre précédent, à Saint-Sébastien tandis que les deux derniers chapitres proposent un retour à Paris.

Resserrement temporel

Complexité supplémentaire, dans cette deuxième partie du roman : l'écart temporel (initialement de six mois) se resserre. Les chapitres, toujours centrés sur des protagonistes opposés, présentent des actions qui se déroulent simultanément. Les amorces de chapitres sont significatives de cette volonté de décrire, dans des chapitres séparés, des événements qui ne se déroulent pas au même endroit mais en même temps. Ainsi, le début du chapitre 29 : « Pendant ces mêmes quinze jours » (p. 177).

Perturbations du principe d'alternance

Dernier degré dans l'art de dérouter le lecteur : l'alternance géographique n'est parfois plus respectée. Les chapitres 21, 22, 23, 24, qui se succèdent, se déroulent tous à Paris. De même, comme on l'a déjà vu, les chapitres 32 et 33 ont un cadre géographique identique (l'Espagne) ainsi que les chapitres 34 et 35 (la France).

UN TEXTE COMPOSITE

D'autres éléments contribuent à briser la progression linéaire du texte : les voix narratives, les repères temporels et les discours des personnages.

Les voix narratives

Il existe deux types de voix narratives dans *Je m'en vais* : une voix narrative neutre qui relate objectivement les faits et une voix narrative subjective qui prend parti dans le récit.

La voix narrative neutre est la plus couramment adoptée dans les romans traditionnels. Le narrateur n'apparaît pas dans le récit pour donner l'illusion que les faits se déroulent d'eux-mêmes. On a affaire à un récit raconté généralement au passé simple (chapitre 1). Les personnages sont désignés par les pronoms il(s) et elle(s). La situation d'énonciation est « coupée », à distance.

La voix narrative subjective

Le récit est interrompu à plusieurs reprises par le discours du narrateur. La situation d'énonciation est « ancrée », impliquée. Le narrateur se manifeste sous la forme de deux pronoms personnels : « je » (p. 7, p. 20, p. 24, p. 161, p. 170) ou « nous » (p. 58, p. 59,

p. 76, p. 99, p. 112, p. 120, p. 147, p. 148, p. 180, pp. 208-209).
Lorsque le narrateur dit « je », c'est souvent pour donner son point
de vue sur un personnage et s'en moquer : « Mais ne serait-ce pas
la moindre des choses qu'il l'invite à dîner dès le lendemain ou le
surlendemain, dans la semaine, je ne sais pas, moi, il me semble
que ça se fait. » (p. 161) Lorsque le narrateur dit « nous », il inclut
le lecteur et l'associe à l'histoire. Il arrive d'ailleurs qu'il l'interpelle
directement sous la forme d'un « vous » (p. 65, p. 70, p. 159) ou
d'un « tu » (p. 92).

Ces différentes interventions du narrateur brisent l'illusion
romanesque. Elles contribuent également à impliquer le lecteur
sur un mode ludique.

Un pronom ambigu : « on »

Le pronom impersonnel « on » est utilisé avec une grande fréquence dans *Je m'en vais*. Il possède deux valeurs. Une valeur
classique : « on » s'emploie à la place d'un indéfini, il remplace
n'importe qui. C'est un pronom d'indétermination que l'écrivain
emploie lorsqu'il décrit des lois générales ou scientifiques. Ainsi
lorsqu'il détaille les diverses utilisations du phoque (p. 62). Le
pronom « on » est également employé de manière plus originale :
il remplace le pronom « il(s) » ou « elle(s) ». L'expédition polaire
est ainsi régulièrement ponctuée par ce pronom : « On continua
d'avancer » (p. 59), « On avançait toujours » (p. 60). « On » désigne
ici Ferrer et ses guides esquimaux. Mais, contrairement à « il » ou
« elle », ce pronom permet aussi d'intégrer le lecteur dans l'histoire en facilitant son identification aux protagonistes.

Les superpositions temporelles

Le roman est composite car il joue sur les catégories temporelles : bouleversement de l'ordre des événements, mélange des
temps verbaux.

Les anachronies narratives

La première page du roman pose un repère temporel clair : l'action se situe vers « neuf heures, un premier dimanche de janvier » (p. 7). Le récit commence cependant de manière brutale par une entrée *in medias res*, c'est-à-dire au milieu d'une action déjà entamée. Le chapitre 2 procède, lui, à une ellipse (laps de temps non raconté) en faisant un bond dans le temps (« Six mois plus tard », p. 10) : il s'agit d'une anachronie par anticipation, appelée aussi prolepse[1]. Le chapitre suivant revient en arrière en traçant un portrait de Ferrer ancré dans la durée (« Depuis cinq ans, jusqu'au soir de janvier qui l'avait vu quitter le pavillon d'Issy », p. 14) : il s'agit, à l'inverse, d'une anachronie par rétrospection, appelée aussi analepse ou flash-back[2]. Elle a une valeur explicative : elle éclaire le passé du personnage principal, Ferrer. Tout au long du récit, les amorces de chapitres brouillent ainsi les repères chronologiques en rapportant des faits qui ont entre eux des positions d'antériorité, de postériorité ou (à partir du chapitre 29) de simultanéité.

L'emploi des temps verbaux

L'emploi des temps verbaux contribue à déstabiliser le lecteur. Le narrateur multiplie en effet les chocs temporels en passant du passé au présent. Le récit commence au passé simple puis bascule brusquement au cours du chapitre 5 au présent (p. 27) et revient au passé (p. 30). D'autres ruptures du même ordre peuvent ainsi s'observer tout au long du roman. Parallèlement, l'écrivain fait un usage singulier d'un temps (le futur) et d'un mode (le conditionnel). Certaines actions sont relatées au futur (par exemple la fin du chapitre 15, pp. 96-97). Cette anticipation donne au texte un effet d'accélération. Quant à l'utilisation du conditionnel (par exemple la fin du chapitre 24, pp. 151-152), elle est atypique. Il ne s'agit pas d'exprimer, selon la valeur habituelle du conditionnel,

---

1. Événement situé dans le futur par rapport à la narration de l'action principale.
2. Événement situé dans le passé par rapport à la narration de l'action principale.

une éventualité soumise à condition, mais de donner aux actions une impression d'inaccompli, de flottement entre deux repères temporels (le passé et l'avenir). Ainsi la phrase « Avant d'envisager de rentrer à Paris, Ferrer passerait encore deux jours dans cette ville » (p. 201) ancre l'action dans une temporalité fantomatique, presque irréelle.

La multiplicité des discours rapportés

La manière dont les propos des personnages sont rapportés contribue à accentuer l'aspect hétérogène et hybride, du roman.

Perturbations du discours direct

Ordinairement les discours des personnages sont reproduits au style direct, facilement identifiable par une typographie spécifique (guillemets, tirets et deux-points) et des verbes introduisant le dialogue. *Je m'en vais* brouille ces repères et rend floue la frontière entre récit et dialogue. Ainsi, les dialogues de Ferrer avec son client Réparaz (chapitre 7) sont rapportés dans la continuité du récit, sans guillemets isolant le discours et sans tirets permettant d'identifier celui qui parle (p. 40). À d'autres moments du texte, le discours direct est suivi d'un décrochement énonciatif. On bascule du dialogue au monologue intérieur. En témoigne par exemple l'échange entre Laurence et Ferrer : « Tu t'en vas, maintenant, tu te casses, lui dit-elle, tu ramasses tes petites affaires et hop. Bon, d'accord, dit Ferrer (et puis au fond je m'en fous) » (p. 27).

Jeu avec le discours indirect libre

Le discours indirect libre rapporte les pensées d'un personnage sous leur forme authentique (ton, marques de langage oral, niveau de langue) en supprimant les propositions subordonnées qui sont la marque du style indirect. Il est introduit par une phrase qui annonce qu'un personnage va parler ou penser : « Tout régler avec elle, pense Ferrer, mais bien sûr » (p. 107). Le discours indirect libre crée des effets de superposition entre la parole du narrateur et celle du personnage : « Mais on allait quand même casser une petite graine, peut-être, avant d'y aller, proposa Napaseeka-dlak » (p. 76). La phrase ici mêle paroles du narrateur (« proposa Napaseekadlak ») et paroles du guide esquimau retranscrites au style indirect libre (« Mais on allait quand même casser une petite graine, peut-être, avant d'y aller »).

Multiplicité des registres de langue

Par-delà les diverses façons de rapporter les propos des personnages, on note l'utilisation de nombreux registres : les termes familiers prononcés par les personnages ou le narrateur (« On commençait à en avoir un peu marre, de ces chiens », p. 59) coexistent avec des vocables soutenus ou savants (termes scientifiques comme « diptères » au lieu de moustiques, p. 60). *Je m'en vais* apparaît ainsi comme un texte polyphonique (qui superpose plusieurs voix) tissant différents fils (narratifs, temporels, discursifs), sans que l'on puisse toujours les démêler.

L'ART DE TISSER DES CONTINUITÉS

Cette structure romanesque discontinue est conjurée par d'autres formes de liens.

Une nouvelle continuité entre les chapitres

Malgré leur autonomie, les chapitres entretiennent entre eux des correspondances soulignées par les premières phrases d'un chapitre qui renvoient aux dernières phrases du précédent.

Correspondances entre les chapitres

Les correspondances peuvent jouer sur des coïncidences temporelles et le narrateur les rappelle avec force. Ainsi, le chapitre 2 se noue au précédent avec la mention « Six mois plus tard, vers dix heures également » (p. 10). Ou encore, la fin du chapitre 7 : « le jour se lève » et le début du chapitre 8 : « Il allait justement se lever lorsque Ferrer ouvrit un œil » (pp. 44-45). Les correspondances peuvent aussi jouer sur la répétition d'un mot. Le chapitre 4 se clôt sur la phrase « Dans un premier temps, ça marchait » (p. 23) et enchaîne avec « Ce qui marchait », (p. 24).

Un nouveau type de raccord

Dans les romans classiques, le raccord entre les chapitres joue généralement sur des rapports chronologiques ou logiques qui font progresser l'action. Les événements s'enchaînent de manière consécutive (une action après l'autre) ou causale (une action qui est la conséquence d'une autre). *Je m'en vais* remplace cela par un raccord de type analogique. Les chapitres sont liés par des correspondances, des similitudes. Ce nouveau type de raccord, expérimenté dans les années 60 par le Nouveau Roman, produit deux effets. D'une part, il oblige le lecteur à s'impliquer fortement pour rétablir les liens implicites entre les chapitres et réduire les effets de rupture. D'autre part, il souligne la construction artificielle du roman. L'intrigue, même si elle ménage du suspense, a moins d'importance que l'écriture, qui devient l'enjeu majeur du roman.

Le principe de répétition

Je m'en vais est structuré par des répétitions qui produisent des phénomènes d'écho donnant au texte une nouvelle unité. Elles révèlent également les enjeux philosophiques du roman.

La figure du cercle

La figure du cercle s'illustre d'une double manière. C'est d'abord, de façon très concrète, l'image du cercle polaire. C'est ensuite, de façon plus structurelle, la composition du roman qui impose l'idée d'une boucle. Les premiers mots du roman sont les mêmes que les derniers : « Je m'en vais », phrase qui renvoie également au titre du récit, c'est-à-dire au commencement de la lecture. La maison de Ferrer, quittée au début du récit, réapparaît au dernier chapitre. Il y a eu certes des changements entre l'*incipit* et la fin du texte : le portail a été repeint en rouge, la maison a été louée à de nouveaux locataires. On peut cependant douter de la valeur de ces transformations.

La figure de la boucle

Cette composition en boucle (revenir au point de départ) montre que Ferrer, n'a pas évolué pendant le roman. Il n'a pas été transformé par son voyage au pôle Nord ou par les rencontres qu'il a faites. La figure de la boucle impose l'idée d'un enfermement du personnage sur lui-même. Ferrer est toujours un homme solitaire, en quête de nouvelles relations : la fille qui l'invite à boire un verre à la fin du roman remplace ses précédentes conquêtes amoureuses. Tout est fini et tout recommence.

Un éternel dimanche

La journée du dimanche constitue un autre marqueur temporel fort de la répétition. La mention de cette journée (à commencer par la première, p. 7) revient régulièrement dans le récit. Le dimanche est synonyme de répétition et d'ennui : « Le reste du temps c'est dimanche, un perpétuel dimanche dont le silence de feutre ménage une distance entre les sons, les choses, les instants mêmes : la blancheur contracte l'espace et le froid ralentit le temps » (p. 36). Le roman donne l'impression que l'action ne progresse pas, qu'elle s'enlise dans cette journée du dimanche « où s'enchevêtrent étroitement, à leur plus haut degré d'efficacité, l'ennui, le silence et le froid » (p. 88).

Une unité thématique : le froid et la banquise

Autre moyen de créer des ponts entre les chapitres : établir une continuité thématique qui dépasse l'opposition spatio-temporelle. Le thème du froid traverse ainsi l'ensemble du roman.

Correspondances par anticipation

Dès le début du roman, la description du freezer dans l'atelier de Ferrer prend une figure prémonitoire. Elle annonce implicitement son voyage au pôle Nord : « Le réfrigérateur étant très peu utilisé, un iceberg naturel envahissait le freezer que Ferrer, quand cet iceberg virait à la banquise, dégivrait tous les ans à l'aide d'un sèche-cheveux et d'un couteau à pain » (p. 16).

Correspondances par rétrospection

Après le voyage de Ferrer au pôle Nord, le texte établit de minuscules rappels mentionnant le froid ou la banquise. Delahaye utilise par exemple un camion frigorifique pour ne pas « casser la chaîne du froid » (p. 114) qui ressemble d'ailleurs aux « baraquements de Port Radium » (p. 119). Enfin, lorsque Ferrer revient à Paris, les souvenirs de cette période polaire sont toujours là. Le silence de Paris rappelle « celui de la banquise » (p. 102) et lorsque le galeriste se réveille dans sa chambre d'hôpital, il ne voit que « du blanc comme au bon vieux temps de la banquise » (p. 146).

La place du lecteur

Une fois encore, ces échos thématiques permettent d'établir une complicité entre le narrateur et le lecteur. Si celui-ci est largement désorienté par la structure disloquée du roman, il éprouve un vif plaisir à saisir ces allusions et à recomposer une nouvelle cohérence. L'attention du lecteur se porte plus sur le fonctionnement du texte lui-même que sur l'intrigue. Le rôle du lecteur est fondamental : par ses qualités d'observation, d'attention, de mémoire, il construit le sens de l'œuvre. Le lecteur est simultanément agressé dans ses habitudes de lecture et stimulé dans ses compétences intellectuelles.

3 | Le cadre spatial

Les romans de Jean Echenoz sont « géographiques » parce qu'ils mettent en scène des territoires étrangers variés. Dans *Je m'en vais* sont ainsi décrits le pôle Nord, Paris, la région du sud-ouest et la ville de Saint-Sébastien en Espagne.

LE MYTHE DU PÔLE NORD

Le pôle Nord, « très loin, très blanc, très froid » (p. 68) occupe une grande place dans *Je m'en vais*. Jean Echenoz a choisi ce lieu par opposition avec l'Inde, où se passait *Les Grandes Blondes*. Si l'exotisme de l'Inde repose sur la diversité (des cultures, des couleurs…), l'exotisme du pôle est plus minimaliste : « je voulais travailler sur un exotisme tout à fait inverse, beaucoup plus à dominante blanche, froide, avec très peu d'éléments de faune, de flore[1] ». Comment le roman traite-t-il cette contrée lointaine, qui a longtemps fasciné les explorateurs ?

Un milieu hostile et pollué

Comme dans de nombreux récits d'expéditions polaires, *Je m'en vais* présente le caractère extrême de la vie dans le Grand Nord. Le roman insiste cependant sur un trait nouveau : la pollution de ce lieu par les hommes.

---

1. « Dans l'atelier de l'écrivain », p. 231.

Un environnement hostile

C'est un milieu agressif : froid extrême, attaque de moustiques (p. 60), repères géographiques incertains à cause du brouillard (p. 61) et des phénomènes de parhélie[1] (p. 74), repères temporels confus en raison du solstice d'été (le soleil ne se couche plus, p. 60). Plus encore que les ours polaires, les chiens de traîneau incarnent un monde cruel et sauvage, comme l'illustre la scène où ils dévorent le mastodonte enfoui sous la glace (p. 59).

Un environnement pollué

Le pôle Nord n'est plus un espace vierge mais un territoire marqué par les vestiges préhistoriques (p. 59) et souillé par les hommes : les cairns, simples tumulus dressés par les premiers explorateurs, contiennent des débris hétéroclites (p. 61). Le pôle Nord prend l'aspect d'une immense poubelle. Loin d'être un territoire d'une blancheur immaculée, c'est un lieu sali, pollué, comme le montrent les « taches d'huile et de traînées graisseuses » laissées par les motoneiges (p. 61) ou les passages de « glace malpropre » « jonchés de sombres masses de métal ou de ciment, de lambeaux de plastiques pétrifiés » (p. 49).

L'envers de l'exotisme

Le Grand Nord n'est cependant pas totalement dépaysant. Les objets les plus modernes font partie du quotidien.

Une technologie sophistiquée

Les vêtements ou les outils des esquimaux frappent par leur extrême modernité : tenues matelassées de « fibre polaire en synchilla, de sous-vêtements respirants en capilène, de combinaisons fluorescentes et de gants équipés d'un système chauffant » (p. 49), jumelles « 15 X 45 IS à stabilisateur d'images » (p. 50) ou couteau « White hunter II Puma à manche en Kraton » (p. 51)... Une partie du pôle Nord n'est pas à la traîne du progrès occidental.

---

1. Illusion optique qui donne l'impression de voir plusieurs soleils.

Un environnement banal

Parallèlement, d'autres objets évoquent un environnement occidental très ordinaire : les motoneiges qui ressemblent à des Vélosolex, le mobilier d'une cuisine à Port Radium faite « de bois blanc bon marché de genre nordique mais qu'on retrouve jusqu'en banlieue parisienne » (p. 90)... Même la représentation d'un monde sauvage (la dimension des icebergs) est évaluée à partir d'un espace civilisé et connu (Paris) : « leur taille variait entre la place Vendôme et le Champ-de-Mars » (p. 33).

Transfiguration du paysage par une écriture ludique

La description du pôle Nord n'est pas seulement réaliste : elle repose sur une écriture qui favorise les effets humoristiques, notamment par le biais des comparaisons. Celles-ci assurent deux fonctions : donner au lecteur une image familière des terres polaires ; donner à voir, en miroir, un point de vue sur le monde occidental.

Une image familière du pôle Nord

De nombreuses comparaisons donnent du pôle Nord une image ludique et le rendent plus familier. La référence au jeu est omniprésente, comme le montre la description du dégel d'un lac par larges plaques, « comme des pièces de puzzle élémentaire à l'usage des débutants » (p. 89). Un mouvement d'anthropomorphisme[1] gagne l'ensemble de la nature. Les côtes du Labrador ressemblent à un visage masculin (des « joues mal rasées », p. 21). Les animaux possèdent de nombreux traits humains : les vieux morses sont « monogames », « chauves et moustachus » (p. 34). Ces comparaisons, en ramenant l'inconnu à du connu, permettent au lecteur de visualiser le paysage.

---

1. Fait de donner à un paysage ou à des animaux des qualités humaines.

Le pôle Nord, reflet de la société occidentale

Certaines comparaisons ne servent pas seulement à décrire le milieu arctique mais, comme dans une fable, donnent un point de vue satirique[1] sur notre civilisation. La description des chiens de traîneau, animaux féroces et répugnants, en dit long sur la dureté des univers socioprofessionnels modernes : certains chiens ont ainsi l'« œil courroucé d[u] cadre au bord du stress » (p. 50). L'ailleurs (le pôle Nord) est un prétexte pour critiquer l'ici (le monde occidental).

UNE GÉOGRAPHIE RÉALISTE

▌ Le réalisme de *Je m'en vais*

La description des territoires géographiques repose sur une écriture réaliste complexe.

L'intertexte documentaire

Avant d'écrire *Je m'en vais*, Jean Echenoz s'est longuement documenté sur le pôle Nord[2]. Tous les éléments contenus dans le roman sont exacts : les caractéristiques du brise-glace le *Des Groseilliers*, celles de la *Nechilik*, son lieu d'échouage, les œuvres d'art inuit, Port Radium… Même les noms propres des esquimaux sont de vrais patronymes. Ce souci de vérité conduit aussi l'écrivain à utiliser des termes techniques ou scientifiques très précis (le bloc auriculo-ventriculaire de type Mobitz, p. 55, les angmagssaets mangés au pôle Nord, p. 62).

Un réalisme irréel

L'utilisation de cet intertexte documentaire est cependant complexe. Les éléments authentiques ont été choisis par l'écrivain parce qu'ils ont l'air d'avoir été inventés : « je cherche ce qui me paraît pertinent sur le plan romanesque[1]. » Des détails vrais (le

---

1. Écrit où l'on critique quelque chose en s'en moquant.
2. « Dans l'atelier de l'écrivain », p. 232.
3. *Ibid.*, p. 233.

fait, par exemple, que les ours sont gauchers) prennent l'apparence de la fiction. De même, le lexique technique ou scientifique donne au récit un aspect poétique. Le réalisme est paradoxal : ce n'est pas un simulacre de réalité mais une réalité qui a l'air d'un simulacre[1].

Le pôle Nord, un enjeu politique

Plusieurs interventions du narrateur rappellent cependant un certain nombre de réalités sociales et politiques.

La situation géopolitique du Grand Nord

Le narrateur souligne ainsi le contexte géopolitique : « Ce sont des territoires où ne vient jamais personne bien qu'ils soient plus ou moins revendiqués par pas mal de pays : la Scandinavie car c'est d'elle qu'arrivèrent les premiers explorateurs du coin, la Russie car elle n'est pas bien loin, le Canada car il est proche et les États-Unis car les États-Unis » (p. 22). La tautologie[2] exprime avec humour l'impérialisme américain.

La disparition d'une civilisation

Par courtes notations, le roman dénonce également l'idéologie qui a cru, au nom du progrès, faire le bonheur des habitants du pôle Nord. Le livre mentionne ainsi la création artificielle de villages qui, tout en possédant tous les attraits fonctionnels d'une ville parfaite (« de la centrale électrique à l'église », p. 22), ont conduit à la mort d'une civilisation : « Mais, inadaptés [les villages] aux besoins des locaux, ceux-ci les avaient détruits avant de les abandonner pour aller se suicider » (p. 22). De manière plus allusive, le portrait d'un habitant de Port Radium qui passe sa vie à chasser le phoque plutôt que de travailler grâce aux allocations (p. 91), montre les conséquences d'une politique de subvention.

---

1. Représentation, action simulée.
2. Répétition inutile d'une même idée.

Paris, ville de contrastes

Paris est aussi l'objet d'une cartographie sociale et politique. Le roman enregistre les différences qui séparent les arrondissements (les quartiers haussmanniens contre le quartier populaire du 18ᵉ) ou Paris et sa banlieue (le centre contre la périphérie).

Des quartiers très riches

Baumgartner vit provisoirement dans le 16ᵉ arrondissement, un quartier luxueux, marqué par le superlatif (voir par exemple la répétition de l'adverbe « très » qui ponctue la description du studio du personnage, p. 93). Tout se vit en grand dans cet arrondissement : studio qui a l'air d'un grand appartement, rues qui ressemblent à des boulevards, habitants qui « semblent avoir le point commun d'avoir dans les quarante-cinq ans et de bien gagner leur vie dans différents domaines audio-visuels » (p. 122). Le roman insiste sur la puissance de l'argent : l'argent fait battre la rue du 4-Septembre (p. 141) et nivelle les disparités architecturales (p. 122).

Des quartiers déshérités

Par contraste, le 18ᵉ arrondissement, où vit le Flétan, apparaît comme un lieu menacé par la ruine et la disparition. La rue de Suez est occupée par de « vieux immeubles dépressifs » (p. 79) en voie de démolition. Le roman s'intéresse également à la proche banlieue parisienne (Charenton, Ivry). Ce sont des zones industrielles marquées par le déclin économique : « Il s'y trouve encore deux ou trois petites usines très calmes qui ont l'air de tourner au quart de leur potentiel ainsi qu'une station d'épuration, tout cela distribué autour d'un tronçon de route apparemment privé de nom » (pp. 132-133). L'écriture décrit avec humour ce « no man's land ». La figure du zeugme[1] (un hôtel chinois « dresse son architecture mandchoue au bord du fleuve et de la faillite », p. 133) provoque un court-circuit du sens qui interpelle le lecteur.

---

1. Figure de rhétorique qui consiste à rattacher grammaticalement deux termes au prix d'une incohérence lexicale ou sémantique.

L'engagement du narrateur

Le narrateur prend parti en intervenant dans la narration pour dénoncer, de manière polémique[1], le privilège des riches : « C'est qu'une des plus ingénieuses ruses des riches consiste à faire croire qu'ils s'ennuient dans leurs quartiers, au point qu'on en viendrait presque à s'apitoyer, les plaindre et compatir à leur fortune comme si c'était un handicap, comme si elle imposait un mode de vie déprimant. Tu parles. On a tout à fait tort » (p. 92). Le roman géographique est aussi un roman historique qui propose une cartographie politique du monde.

DES LIEUX VIDES

Les descriptions des différents lieux (polaires ou citadins) ont en commun de montrer des espaces déserts et vides.

Le pôle Nord, une immensité désertique

Le paysage du pôle Nord représente la forme la plus intense du vide : « C'était intéressant, c'était vide et grandiose, mais au bout de quelques jours un petit peu fastidieux » (p. 22). Nul bruit, nulle végétation (« plus le moindre végétal à perte de vue », p. 62). Le brouillard qui gomme tous les reliefs du paysage accentue l'impression de néant (p. 48). Même les villages semblent vidés de présence humaine. Les rues de Port Radium sont « presque désertes » (p. 88). D'où le sentiment de solitude et d'ennui qui assaille le héros : « les journées sont interminables, les distractions sont nulles, il y fait un temps de chien » (p. 87).

Des villes désertes

Les villes sont elles aussi des lieux déserts. Les premières pages de *Je m'en vais* décrivent Paris, au moment des fêtes de fin d'année, avec « des rues plus vides encore que le métro » (p. 8).

---

1. Genre littéraire qui vise la controverse, le débat.

Mais, même en été, Paris reste étrangement silencieux (p. 102). Il « y règne un climat de demi-deuil inexprimé » (p. 117). Certains quartiers sont plus touchés que d'autres par cette vacuité. C'est le cas de la banlieue : « C'est un secteur encore plus vide que partout ailleurs au milieu de l'été, et presque silencieux » (p. 133). C'est également le cas du luxueux arrondissement. L'écriture établit une comparaison qui joue sur l'exagération comique : « En plein été, le 16ᵉ arrondissement est encore plus désert que d'habitude au point que Chardon-Lagache, sous certains angles, offre des points de vue post-nucléaires » (p. 131). La fréquence de termes renvoyant à l'idée de vide prend une valeur symbolique. Le vide de la ville métaphorise la condition de l'homme moderne, son extrême solitude.

Des lieux de passage

Les personnages sont sans attache, sans domicile fixe. Baumgartner, après avoir loué provisoirement un studio, parcourt le Sud-Ouest, d'hôtel en hôtel. Ferrer passe du pavillon de Corentin-Celton à l'appartement de Laurence. Il émigre ensuite pour un court temps dans son atelier, emménage rue d'Amsterdam tout en achetant dans le 8ᵉ arrondissement un appartement qu'il n'habitera pas.

L'aéroport est par excellence le lieu du transit. Ce « n'est qu'un lieu de passage, un sas » (p. 10). Le roman décrit longuement le Centre spirituel de l'aéroport (p. 101) qui semble avoir perdu sa dimension sacrée.

L'ensemble des lieux traversés par les personnages s'apparente à ce que le sociologue Marc Augé a appelé des « non-lieux[1] », des espaces sans identité et sans histoire.

---

1. Marc Augé, *Non-Lieux, Introduction à une anthropologie de la surmodernité*, coll. « La Librairie du xxᵉ siècle », Le Seuil, 1992.

4 | Les personnages

Les personnages dans *Je m'en vais* sont très nombreux. On peut distinguer le héros (Félix Ferrer) et son double (Baumgartner/ Delahaye), autour du héros une multitude de femmes et, en arrière plan, des personnages secondaires croqués avec facétie.

LA CONSTRUCTION DES PERSONNAGES

Les personnages se construisent d'une triple manière : par de rapides portraits humoristiques ; par les discours ; par la description de leurs comportements.

Une écriture « comportementaliste »

Jean Echenoz a beaucoup lu les romans policiers américains de Dashiell Hammett, Raymond Chandler, Chester Himes... et y a puisé une manière de présenter les personnages en suggérant leur psychologie par les descriptions de leurs actions et de leurs comportements.

Le refus de la psychologie

Je m'en vais emploie une écriture « comportementaliste » ou « behavioriste » dans laquelle les gestes ou les attitudes des personnages permettent de décrypter leurs sentiments.

Le portrait traditionnel, qui campe dans les premières pages le physique et le caractère des personnages, est relégué avec désinvolture à la fin du récit : « Nous n'avons pas pris le temps, depuis presque un an pourtant que nous le fréquentons, de décrire Ferrer physiquement » (p. 208). Aussitôt annoncé qu'expédié, le portrait se réduit au minimum tandis que le narrateur, soucieux d'éviter l'ennui d'une description, accélère le mouvement : « Comme cette scène un peu vive ne se prête pas à une longue digression, ne nous y éternisons pas » (p. 209).

L'art du portrait bref

Les portraits, soumis à une logique de vitesse, sont construits sur un modèle paratactique[1], celui de la juxtaposition de caractéristiques physiques égrenées dans une phrase nominale, moule qui favorise l'impression de rapidité. Ce sentiment de vélocité est accentué par le rythme des phrases qui joue souvent sur des répétitions : « Bérangère Eisenmann est une grande fille gaie, très parfumée, vraiment très gaie, vraiment trop parfumée » (p. 69). L'ellipse donne également au portrait un tempo animé : « Pupille ponctuelle sur un iris vert électrique comme l'œil des vieux postes de radio, sourire froid mais sourire quand même, Victoire s'était donc installée rue d'Amsterdam » (p. 37).

Enfin, comparaisons et métaphores animent doublement les descriptions. Elles révèlent implicitement un trait psychologique du personnage. Par exemple, le portrait de Jean-Philippe Raymond, « petite cinquantaine d'années, noiraude silhouette aiguë de couteau de chasse drapée dans des vêtements trop grands, élocution confuse, moue dubitative et regard pointu » (p. 104), suggère par le champ lexical de l'acéré un personnage dur en affaires. Les images poussent aussi le texte du côté de la caricature humoristique. Le roman énonce ainsi de fausses lois scientifiques (« Il est, chacun peut l'observer, des personnes au physique botanique », p. 28) mettant en lumière des oppositions comiques. Delahaye, qui rappelle les « végétaux anonymes et grisâtres » (p. 28) est ainsi aux antipodes de Victoire, plante « plus sauvage qu'ornementale » (p. 29).

---

1. Sans lien de coordination ou de subordination, en juxtaposant des groupes nominaux.

Le discours des personnages

Les paroles permettent de distinguer deux types : les bonimenteurs qui parlent parce qu'ils ont quelque chose à vendre ou à acheter. Et les muets, personnages solitaires et mystérieux.

Les bonimenteurs

Ferrer est la grande figure du bonimenteur. Par son métier il est prêt à recourir aux pires arguments pour vendre ses tableaux. Parce qu'il est séducteur, il cherche à attirer par son discours. Il essaie ainsi d'impressionner Sonia en parlant des artistes célèbres de sa galerie (p. 107). Destiné à conquérir clients et femmes, son discours se veut performatif[1].

Le discours du bonimenteur est souvent creux, stéréotypé, comme les paroles de l'artiste Rajputek : « Je développe l'idée de l'œuvre en négatif, si vous voulez, explique l'artiste, je soustrais de l'épaisseur murale au lieu d'en rajouter » (p. 129).

La parole s'emballe, la phrase s'étire, la rhétorique joue sur des procédés cumulatifs, comme le discours racoleur de l'agent immobilier (p. 28). Ferrer n'est pas en reste : il excelle dans la manipulation oratoire : discours argumentatif et autoritaire sur un rythme ternaire classique pour congédier l'artiste Gourdel (p. 42) ou stéréotypes consensuels pour approcher Hélène (p. 165)… Le pouvoir des personnages ne se mesure pas seulement à leur richesse mais à leur maîtrise de la rhétorique.

Les muets

Face aux bonimenteurs, le silence est une arme de choix. Les muets sont en fait des muettes comme Victoire ou Hélène.

Victoire, dans *Un an*, est un personnage solitaire et silencieux. *Je m'en vais* confirme ce rôle : « Victoire parlait peu, en tout cas le moins possible d'elle, répondant aux questions par une autre question » (p. 37). Elle n'apparaît ensuite quasiment plus dans le roman, sauf à la fin, figée dans son mutisme (p. 218).

---

1. Énoncé qui entend agir de façon concrète et pragmatique sur l'interlocuteur.

Hélène est tout aussi silencieuse. Elle est « du genre qui parle peu, restant près de la porte, comme perpétuellement sur le point de s'en aller » (p. 151). Lorsque Ferrer lui demande la nature de son travail, elle met « un petit moment à répondre » (p. 152). La personnalité d'Hélène reste mystérieuse durant tout le récit. Le dialogue entre les personnages est difficile, voire impossible : « ce n'étaient que mutismes pâteux, pesants, encombrants comme une glaise colle aux semelles » (p. 178).

Habitudes, attitudes

Les habitudes en disent long sur les personnages et la société d'aujourd'hui.

Manger

Autrefois moment euphorique de rencontre et d'échange, dans *Je m'en vais*, le repas n'est plus un moment d'amitié festive. À la toute fin du XXe siècle, on ne cherche plus à « partager » (au sens fort) un repas mais à fuir sa solitude. Ferrer est un spécialiste de cette échappatoire : à Paris, vers midi dix, « toujours par téléphone il cherche quelqu'un avec qui déjeuner : il trouve toujours » (p. 15). La nourriture n'est plus non plus un plaisir sensuel. Au pôle Nord les repas sont des substituts, des « rations individuelles équilibrées, étudiées pour ce genre d'entreprise » (p. 62). En France, les jeunes femmes confondent cigarettes et téléphone portable, « Ericsson » et « Benson », au lieu de manger (p. 108) ou sont déclarées « clairement anorexiques mais survitaminées » (p. 130).

Voyager

Le transport en métro est également un indicateur de la solitude des personnages. Dans l'avion vers le grand Nord, Ferrer se sent seul. Il rêve pourtant de rencontres : ainsi, dans le métro il aime s'asseoir sur les banquettes, en rêvant à d'éventuelles jeunes femmes et en déplorant que les places en face de lui soient vides (p. 7). Son comportement l'apparente à un séducteur, un moderne Don Juan.

Delahaye/Baumgartner, en revanche, recherche l'isolement : dans le métro il préfère les strapontins pour fuir tout contact avec l'autre : « des difficultés de croisements ou de décroisements des jambes, des regards parasites et des conversations dont il n'a que faire » (p. 84).

S'habiller

Les vêtements éclairent aussi les personnalités. L'élégance de Ferrer « impeccablement vêtu : tenue presque austère d'homme politique ou de directeur d'agence bancaire » (p. 17) dénote sa volonté de maîtriser sa vie et son désir de plaire.

À rebours de ces lignes droites, les tenues négligées faites d'un « fatras d'angles obtus et flous » de Delahaye (ceinture en diagonale, raie de guingois, moustache de travers, pp. 38-39) dévalorisent le personnage. Il n'a pas l'étoffe d'un héros. L'oblique révèle également de manière subtile son caractère dissimulateur, hypocrite et fourbe. Les vêtements informes peuvent être, comme la moustache qui a l'air d'un « postiche » (p. 26), assimilés à un déguisement. Quelle est la véritable personnalité de Delahaye ? Le personnage négligé du début ou l'élégant et impeccable Baumgartner ?

UN ROMAN PEUPLÉ

Si la description refuse d'être une pause statique, c'est parce qu'elle veut rendre compte d'un univers urbain vivant, plongé dans une agitation perpétuelle, comme le montrent personnages principaux et secondaires.

Félix Ferrer : un quinquagénaire qui a réussi

Félix Ferrer est un héros typiquement echenozien. D'abord par son physique : c'est un homme d'une cinquantaine d'années, assez grand, brun aux yeux verts ou gris : « disons qu'il n'est pas mal de sa personne » (p. 209), commente le narrateur. Ensuite, par sa capacité à être toujours en mouvement : on le voit rarement chez lui, c'est un homme d'extérieur, un aventurier, dans tous les sens du mot. Enfin, par son métier de marchand de tableaux, qui le met en vue. Même si sa galerie connaît quelques difficultés (p. 24), il les surmonte grâce au trésor inuit. Son projet d'acquisition immobilière, à la fin du récit, témoigne de sa réussite sociale.

Des problèmes de cœur

Félix Ferrer est cependant fragile. Il fait mentir son prénom (bonheur, en latin) car il a des soucis de cœur en tous genres : séparation, divorce, crise cardiaque… L'infarctus cristallise ses faiblesses. Ferrer n'est pourtant pas du genre à se laisser abattre et poursuit sa quête amoureuse, passant successivement des bras de Laurence, à ceux de Victoire, d'une infirmière, d'une jeune fille esquimau, de Bérangère, de Sonia, jusqu'à vivre une aventure plus longue avec Hélène.

Un homme à femmes

Félix Ferrer est un séducteur. Il aime les femmes et les détaille, assis par exemple en terrasse, au carrefour de l'Odéon. Il établit des typologies : femmes qui se retournent ou pas après avoir été regardées avant d'entrer dans une bouche de métro (p. 128) ; femmes jolies ou pas avec « le regard absent, un peu hautain, dominateur dont se parent les très belles » et le regard « absent et légèrement hagard, crispé » qu'adoptent les pas trop jolies (p. 118). Ferrer ne choisit pas ces dernières. Il aime les jeunes femmes, de préférence célibataires et jolies. Mais les rencontres amoureuses sont toujours éphémères et peu satisfaisantes.

Ferrer et Delahaye

Ils forment un couple plus durable, une alliance singulière qui repose sur leurs oppositions.

Des personnages doubles

À l'opposition de comportement (costume, métro...) indiquée plus haut, s'ajoutent d'autres rapprochements. À la fausse mort de Ferrer dans *Un an* correspond la fausse disparition de Delahaye dans *Je m'en vais*. Les personnages secondaires signalent aussi cette complémentarité : Delahaye est aidé par le Flétan, un hors-la-loi ; Ferrer par le policier Supin, représentant des forces de l'ordre. Les deux occupent dans le roman un même rôle d'adjuvants qui apparaissent marginalement.

Une relation duelle

Le duo se solde par un duel. Le corps à corps final est une scène plus comique que tragique. Delahaye y apparaît comme un truand sans envergure, « un minable petit arnaqueur » (p. 209) et Ferrer, qui jusqu'à présent incarnait la raison, l'élégance et le contrôle de soi, y devient grossier. L'épisode est marqué par des effets de dédramatisation : on commence à parler vêtements, « un verre en main » (p. 204). On s'énerve un peu en envisageant des solutions radicales (« je pourrais me débarrasser de vous, au fond », p. 206) mais on n'en a pas les moyens (« Je ne sais d'ailleurs même pas comment je pourrai m'y prendre, je ne suis pas très familier de ces techniques », p. 207). On finit donc par se séparer « sans haine » (p. 211). La scène, située à un moment privilégié du roman (la fin) et promettant des actions violentes aurait dû être un passage intense ; il n'en est rien. Le règlement de compte perd sa force émotionnelle.

Une confrontation entre le même et l'autre

Ce que l'épisode perd en action, il le gagne en humour. La scène permet également de comprendre comment se construit l'identité d'une personne : loin d'être figée, elle résulte d'un mouvement dialectique[1] entre deux pôles opposés. Ferrer ressemble

---

1. Raisonnement, qui, à la suite du philosophe Hegel, met en relation deux phénomènes opposés, antinomiques, dépassés par un troisième mouvement.

à Delahaye dont il partage le raisonnement : « Tuer un mort n'est pas un crime, supposa-t-il sans savoir qu'il reproduisait le raisonnement que Delahaye avait déjà imposé au Flétan » (p. 207). Le même peut devenir autre. Le Bien (incarné par Ferrer) peut devenir le Mal (représenté par Delahaye).

Delahaye aussi est traversé par des forces antagonistes, ce que symbolise sa double identité : « Baumgartner se sent devenir quelqu'un d'autre, ou plutôt le même et l'autre, comme quand on vous a transfusé tout le sang » (p. 185).

L'identité des personnages, instable, flotte entre deux états contradictoires. Cette conscience divisée révèle le malaise de l'homme d'aujourd'hui, tiraillé entre des aspirations contraires (rencontre/solitude, raison/folie…).

Les personnages secondaires

Ils sont très nombreux. Outre les habituels seconds rôles, on notera l'importance de la foule qui déambule dans les rues ou les lieux publics.

La foule

La ville contemporaine apparaît comme un lieu bruissant de vie, en mouvement. Les tableaux sonores (p. 71) augmentent l'impression d'agitation que donne cet univers. L'aéroport est aussi par excellence le lieu de la variété et du cosmopolitisme (p. 102). La ville est également synonyme de diversité. Les personnes fortunées du 16e arrondissement (p. 122) côtoient les ouvriers. Si les premiers s'allongent sur des chaises longues, les seconds s'agitent sur les chantiers : ils « s'affairent, déplient des plans, mordent dans des sandwiches et s'expriment dans des talkies-walkies » (p.142).

Ces portraits en forme de courtes notations, souvent sur le mode de l'énumération et de la liste, n'ont pas seulement une fonction sociologique. Ils apportent au texte une touche d'humour en soulignant certains stéréotypes : les pompiers « sont de beaux jeunes hommes, rassurants et musclés » (p. 145) ; l'infirmière du

Des Groseilliers a un « physique idéal d'infirmière discrètement fardée, délicatement bronzée, peu vêtue sous sa blouse » (p. 19).

La foule n'est pas anonyme mais se compose d'une série d'individus.

Les seconds rôles

Le portrait des seconds rôles poursuit cette exploration des stéréotypes en présentant, de façon plus approfondie, des figures sociales caractérisées à travers un regard satirique : l'artiste, le client, le hors-la-loi drogué, le détective… L'artiste apparaît moins comme un créateur que comme un être soucieux d'écouler sa marchandise. Il y a les ratés (Gourdel) et ceux qui réussissent (Martinov). Il y a ceux qui espèrent (Corday) et ceux qui sont désespérés (Rajputek).

Si l'artiste est ridiculisé, le client ne l'est pas moins. Il est incarné dans le roman par Réparaz, qui « gagne énormément d'argent dans les affaires où il s'ennuie énormément » (p. 39). Il n'a aucun sens artistique et s'en remet au goût de sa femme (p. 163).

Le Flétan est un personnage sans personnalité, « pâle et sans apprêt » (p. 81), perdu dans la drogue. Paul Supin est un détective sans envergure, modeste « technicien de laboratoire » (p. 140) qui réussit dans son enquête non par son talent mais grâce à d'heureuses coïncidences (chapitre 29). Ces personnages participent à la dédramatisation qui affecte l'ensemble du roman. La littérature contemporaine ne fournit plus de grandes figures héroïques.

Les personnages féminins

Reste les femmes, valeurs refuges des grands mythes qui ont structuré l'imaginaire occidental. Elles sont fondamentalement ambivalentes, incarnant à la fois l'attrait érotique (Éros) et la pulsion mortifère (Thanatos).

Éros : le mythe de la femme parfaite

Les femmes élues par Ferrer sont jeunes et belles. Il y a d'abord Laurence, décrite dans un portrait en raccourci, tout en contrastes : « très brune aux cheveux très longs, pas plus de trente ans ni moins d'un mètre soixante-quinze » (p. 9). Viennent ensuite Victoire, Brigitte, l'infirmière du *Des Groseilliers*, la jeune fille esquimau, la voisine Bérangère Eisenmann, l'assistante Sonia puis Hélène. Ce sont des femmes au physique parfait, fixé en quelques images-clichés : haute taille, formes longilignes, jambes interminables, visage pur et sans fard, vêtements élégants. Ces corps hypersexués sont d'autant plus désirables qu'ils sont souli-gnés par des vêtements austères, variantes de la blouse blanche de l'infirmière décrite au début du roman. L'effet est garanti : « Comme elle [Hélène] passait près de lui, n'importe qui d'autre ou lui-même dans son état normal eussent jugé que ces vêtements n'étaient là que pour lui être enlevés, voir arrachés » (p.143).

Ce fantasme érotique trouve son corollaire dans l'apparence souvent sévère de ces jeunes femmes : Victoire est « moins épanouie qu'épineuse » (p. 29), Sonia possède un « beau visage austère dénotant la glace ou la braise » (p. 104). L'écriture réactive ici le mythe de la grande blonde glaciale (même si les conquêtes de Ferrer peuvent être brunes) et fait un clin d'œil au roman *Les Grandes Blondes* publié en 1995 par Jean Echenoz : « C'est une de ces grandes blondes qui roulent en petite Austin » (p. 124).

L'intérêt de Ferrer pour les femmes est essentiellement physi-que. L'âme compte moins que le corps : Hélène, inaccessible et volontiers vénéneuse, incarne plus que les autres le mythe de la femme fatale véhiculé par le cinéma.

Thanatos : des femmes menaçantes ou insaisissables

Ces femmes, par leur statut social (secrétaire, infirmière) et leur jeunesse, semblent des proies faciles pour l'homme. Le récit dresse en fait une réalité plus complexe.

La femme peut menacer la liberté de l'homme. Sur l'échelle de Richter des séismes amoureux de Ferrer, on retiendra trois noms. Force 7, Bérangère Eisenmann, trop proche car voisine de palier, est présentée sous les traits de l'excès. L'odeur de son parfum, hyperbolique au point de se transmettre, nous dit-on, par téléphone

(p. 70), métaphorise l'asphyxie du héros. Force 8, Sonia, qui, après une scène d'amour virant au *fiasco* comique (chapitre 17), fait une scène à Ferrer où se mêlent injonctions érotiques et réactions agressives (p. 224)... Force 9, Suzanne, l'épouse de Ferrer, « femme d'un caractère difficile » (p. 7) et d'une « violence néolithique » que le texte décrit au moyen d'une plaisante métaphore filée (p. 224). Elle représente ici la forme la plus extrême et la plus archaïque de la pulsion de mort.

À l'autre extrême se trouvent des femmes dangereuses parce qu'insaisissables... La fuite ne correspond pas simplement au motif thématique de l'abandon affectif (départ de Victoire, déménagement de Bérangère, début d'une nouvelle liaison pour Hélène). Elle caractérise l'essence de l'être féminin, et plus particulièrement d'Hélène, personnage mystérieux et inaccessible. Comme dans le poème « Mon rêve familier » de Verlaine, la femme n'est ni tout à fait la même, ni tout à fait une autre. L'écriture exprime cette identité complexe. Les antithèses tentent de saisir une réalité placée sous le signe du paradoxe : « Trop lointaine et proche, offerte et froide, opaque et lisse, elle laissait très peu de prises permettant à Ferrer de s'accrocher vers on ne sait quel sommet » (p. 213). Les métaphores attestent du verrouillage sentimental : « Certes il n'est pas aveugle, certes il voit bien qu'Hélène est une belle femme, mais il la considère toujours comme à travers une vitre à l'épreuve des balles et des pulsions » (p. 160). Les descriptions physiques insistent sur une apparence mouvante (p. 196, p. 217). Le corps aussi bien que l'esprit semblent ainsi toujours se dérober.

Coincé entre l'envahissement et la disparition, le héros Echenozien proclame en vain « je m'en vais ». Mais son voyage n'est qu'une suite de ressassements stériles.

5 | Une œuvre intertextuelle

L'œuvre de Jean Echenoz est intertextuelle, car elle fait sans cesse référence à des œuvres littéraires du passé ainsi qu'à un certain nombre de conventions romanesques. Écrire, pour Jean Echenoz, c'est donc d'abord réécrire, reprendre, en les transformant, en se les réappropriant, des citations littéraires ou des conventions. Jean Echenoz compare ce travail de réécriture avec le « standard » du jazz : un thème classique, repris et renouvelé par différents musicienss.

L'HOMMAGE AUX ÉCRIVAINS

Je m'en vais fait référence aux grands récits d'explorateurs. Mais il fait aussi allusion, plus discrètement, voire secrètement, à des livres qui ont marqué l'écrivain.

De Rabelais à Samuel Beckett

On trouve une minuscule référence à Rabelais, avec l'évocation « des paroles gelées » (p. 51), expression qui renvoie au *Quart Livre* où Rabelais imagine que les paroles gèlent à cause du froid. Ces allusions sont imperceptibles mais Jean Echenoz les souligne. Il révèle qu'il a réécrit une phrase de *Ubu roi* d'Alfred Jarry, une de ses premières émotions littéraire[1]. Ainsi, la phrase : « Tous se tordent la brise fraîchit » devient « Tous deux se tordent, la brise fraîchit » (p. 188). Même jeu avec une phrase de Samuel Beckett.

---

1. « Dans l'atelier de l'écrivain », p. 248.

« Le soleil brillait, n'ayant pas d'alternative sur le rien de neuf » (*Murphy*) devient dans *Je m'en vais* : « Les jours s'écouleraient ensuite, faute d'alternative, dans l'ordre habituel » (p. 210). Ces emprunts ténus, sont impossibles à identifier sans l'aide de l'écrivain.

L'importance de Gustave Flaubert

La réécriture d'un célèbre passage de *L'Éducation sentimentale* de Gustave Flaubert est plus reconnaissable. La phrase de Flaubert « Il connut la mélancolie des paquebots, les froids réveils sous la tente, l'étourdissement des paysages et des ruines, l'amertume des amitiés interrompues » se transforme en « Il connaît la mélancolie des restauroutes, les réveils acides des chambres d'hôtels pas encore chauffés, l'étourdissement des zones rurales et des chantiers, l'amertume des sympathies impossibles » (p. 176). Jean Echenoz actualise le texte de Flaubert (on passe du passé simple au présent, des paquebots aux restauroutes...). Par contraste, on mesure le décalage entre la vision romantique du monde au XIXe siècle (où le voyage était encore synonyme de découverte et de dépaysement) et la représentation prosaïque de notre époque (le voyage n'est plus qu'un déplacement dans un espace banal).

Le rôle de ces réécritures

Ce discret travail de réécriture, ces petites incrustations intertextuelles, ont une finalité commune : rendre hommage à des écrivains que Jean Echenoz admire particulièrement. Flaubert constitue ainsi pour lui « la plus grande référence possible[1] », un auteur qu'il relit très souvent. Il s'agit moins d'établir une complicité avec le lecteur que d'entretenir une connivence imaginaire et affectueuse avec un héritage littéraire : « des petits sourires engageants, des petits mouvements d'amour[2] », explique l'écrivain.

---

1. *Ibid.* p. 248.
2. *Le Monde 2*, n° 126, juillet 2006.

L'HOMMAGE AUX GENRES ROMANESQUES

L'une des particularités de l'œuvre de Jean Echenoz (surtout dans ses quatre premiers romans) consiste à s'emparer de sous-genres romanesques populaires pour les « réécrire » avec des décalages humoristiques. Son premier roman, *Le Méridien de Greenwich* mêle différents codes romanesques, son second *Cherokee* (1983) s'inspire du roman policier, son troisième *L'Équipée malaise* (1986) du roman d'aventures, son quatrième *Lac* (1989) du roman d'espionnage. Après ces quatre romans, le recours aux stéréotypes génériques devient plus discret, sur le mode de la trace et du clin d'œil, comme dans *Je m'en vais*.

La réécriture du roman d'aventures

Félix Ferrer, le personnage principal, part au bout du monde, jusqu'au pôle Nord. Mais, contrairement aux romans d'aventures du xixe siècle (de Jules Verne[1], par exemple) le voyage n'a plus rien d'exaltant[2]. Le héros est dominé par un sentiment d'ennui (chapitre 6) qui le saisit dès son embarquement en avion (pp. 10-13) et qui ne le quitte pas durant tout son séjour sur le *Des Groseilliers*, le brise-glace qui le conduit vers le Grand Nord (pp. 18-23, pp. 32-36, pp. 45-52) : « C'était intéressant, c'était vide et grandiose, mais au bout de quelques jours un petit peu fastidieux » (p. 22). Alors que les personnages, dans les romans d'aventures du xixe siècle, font des rencontres extraordinaires, Ferrer parle à très peu de monde. Le silence est omniprésent au pôle Nord, que Ferrer soit avec l'équipage du *Des Groseilliers* (p. 20), avec les guides des chiens de traîneaux (l'un d'eux ne parle que par sourires, p. 51) ou en compagnie du gérant muet de l'hôtel de Port Radium (p. 87).

---

1. Jules Verne, (1828-1905), auteur français de romans d'aventures, parmi lesquels *Vingt mille lieues sous les mers, Voyage au centre de la terre. Le Sphinx des glaces* et *Le Pays des fourrures* se déroulent dans l'Antarctique.
2. Jean Echenoz a rédigé la postface de *Le Maître de Ballantrae*, roman d'aventures de l'écrivain anglais Robert Louis Stevenson (1850-1894), auteur de *L'Île au trésor*. Il y dit son admiration pour Stevenson et pour le roman d'aventures.

Une seule rencontre : la famille esquimaude qui lui offre l'hospitalité pendant plusieurs jours (pp. 90-91). Mais cette rencontre est largement ironisée car elle renvoie à des clichés ou à des images saugrenues : la fille qui chaque soir accueille Ferrer dans sa chambre (p. 99), la glace que l'on brise (au sens propre comme au sens figuré) sur l'iceberg le plus proche pour rafraîchir le whisky (p. 90). Le narrateur ne se prive pas du reste de se moquer gentiment de son héros et de son bonheur sentimental. Le chapitre 14 se clôt sur une formule ironique (« ah, parlez-moi de Port Radium », p. 91), qui se décline en « Jours heureux à Port Radium » dans le chapitre 16 (p. 99).

L'art du second degré : les effets de comique

Le roman cultive le second degré : il remplace les scènes d'action par des commentaires incongrus qui introduisent des effets de distanciation[1]. Les romans d'aventures de facture classique insistent sur l'affrontement difficile entre l'homme et un environnement naturel hostile (on pense, par exemple, aux descriptions de tempêtes maritimes racontées de manière épique[2]). Dans *Je m'en vais*, le combat des hommes se limite à une chasse… aux moustiques ! C'est l'occasion d'une scène cocasse : pour repousser les « diptères », Ferrer est contraint de fumer « deux ou trois cigarettes à la fois » (p. 60). De façon semblable, le combat entre l'homme et l'ours polaire est remplacé par une suite de remarques qui frappent, à la fois par leur inutilité et leur loufoquerie : « Trop absorbé par son guet, l'ours blanc les ignora mais Angoutretok, à toutes fins utiles, fit connaître à Ferrer la marche à suivre en cas de rencontre intempestive avec un ours. Ne pas fuir en courant : l'ours court plus vite que vous. Tenter plutôt de détourner son attention, en jetant latéralement quelque habit coloré. Enfin, si

---

1. Tout ce qui conduit le lecteur à se détacher de l'histoire racontée, à prendre du recul pour rire des personnages ou des situations.
2. Registre épique (qui vient de l'épopée) : registre caractérisé par un style soutenu mettant en scène des figures héroïques exceptionnelles qui donne à l'épisode une forte valeur symbolique.

l'affrontement paraît inévitable, se souvenir en désespoir de cause que tous les ours blancs sont gauchers : quitte à croire pouvoir se défendre, autant aborder la bête par son côté le moins vif. C'est assez illusoire mais c'est toujours ça » (p. 63). De même, l'épisode avec les chiens prend l'allure d'un gag cinématographique. Il génère un comique gestuel : Ferrer tombe du traîneau et les chiens, « hirsutes, malpropres, d'un pelage noir jaunâtre ou jaune pouilleux et d'un sale caractère » (p. 50) font bringuebaler le traîneau en tous sens (p. 52). Le registre épique, qui suscite l'adhésion et l'identification du lecteur, cède la place à un registre comique, impliquant le détachement et la distanciation du lecteur, à l'image des deux guides qui, une fois le trésor découvert, rigolent et échangent des plaisanteries, en ayant « plutôt l'air de se foutre » de tout cela (p. 76).

La parodie du rite initiatique

La parodie du rite initiatique, lorsque les personnages franchissent le cercle polaire, représente la plus grande forme de désacralisation du roman d'aventures. Les personnages sont déguisés de façon grotesque et apparaissent comme une doublure caricaturale des dieux de l'Antiquité : « Couronne, toge et trident, chaussé de palmes de plongeur, Neptune interprété par le chef steward était flanqué de la rongeuse d'ongles dans le rôle d'Amphitrite[1] » (p. 32). Les épreuves que subit Ferrer (récupérer un trousseau de clefs avec les dents au fond d'une bassine de ketchup) sont considérées comme des « niaiseries » ou « d'innocentes brimades » (pp. 32-33) qui transforment le moment d'initiation en bizutage. La dimension symbolique attachée à l'idée de frontière (le passage dans un monde inconnu, l'évolution du héros) n'existe plus. Le roman d'aventures, qui est aussi un roman de formation, devient, avec *Je m'en vais*, un roman de déformation.

---

1. Neptune est le dieu des eaux ; Amphitrite, son épouse, est la déesse de la mer.

La réécriture du roman policier

Jean Echenoz réécrit quelques scènes majeures du genre : les coups de téléphone apprenant au lecteur le vol du trésor (p. 126), l'élimination du complice (chapitre 22), la fuite du meurtrier et le règlement de compte entre Ferrer et Delahaye/Baumgartner (chapitre 33).

Le modèle du téléfilm

Une fois encore, le texte déploie différentes stratégies pour générer des effets de distanciation comique. La suppression du complice en constitue un bon exemple. Le Flétan est un témoin gênant. Delahaye/Baumgartner décide de le tuer en l'enfermant dans une fourgonnette frigorifique. Le Flétan tente de plaider sa cause « niaisement » : « De plus, a-t-il tenté de faire valoir en désespoir de cause, c'est un procédé tellement banal, votre truc. On tue les gens comme ça dans tous les téléfilms, ça n'a vraiment rien d'original. Ce n'est pas faux, a reconnu Baumgartner, mais je revendique l'influence des téléfilms. Le téléfilm est un art comme un autre. Et puis bon, ça suffit maintenant » (p. 136). Ce passage exhibe nettement le principe de répétition qui est au cœur de l'œuvre echenozienne : il ne s'agit plus d'inventer de nouveaux scénarios mais de réutiliser du déjà dit ou du déjà-vu, en puisant dans toutes les expressions artistiques, y compris mineures comme le téléfilm, double dégradé du film.

Les effets de dédramatisation

La réécriture vide le récit de sa charge émotive et banalise les événements les plus tragiques, en l'occurrence, ici, la mort. Même l'affrontement final entre Ferrer et Delahaye/Baumgartner, épisode particulièrement important car situé à la fin et amenant la résolution de l'énigme du vol du trésor qui aurait donc dû représenter l'acmé du texte perd son acuité dramatique. Le face à face attendu entre la victime et le coupable, au lieu de déboucher sur une bagarre spectaculaire, se réduit à une série d'insultes grossières : « Pauvre petite saleté de merde, [...], minable petit arnaqueur de mes deux » (p. 209). Ferrer ne peut rien faire d'autre que parler car il n'a pas l'étoffe d'un héros. Envisageant la mort de Delahaye, il constate : « Je ne sais d'ailleurs même pas comment m'y prendre » (p. 207). La crise se résout par un compromis immoral : Delahaye n'est pas puni pour son crime. Il réussit même à obtenir un « dédommagement chiffré », en révélant à Ferrer « le lieu de stockage des antiquités » (p. 211). L'épisode s'achève brusquement de manière atone : « On s'était finalement séparés sans haine et Ferrer arriva à Paris en début de soirée » (p. 211).

Une enquête menée par le hasard

Pas de grandes scènes d'action, donc, comme dans les polars américains. Pas non plus de grands raisonnements théoriques, comme dans les romans à énigme[1]. L'enquête menée par Supin repose sur des indices ténus, recueillis « par hasard », comme le numéro d'immatriculation de la Fiat de Delahaye, retrouvé dans les poches du Flétan (pp. 179-180). De même, la voiture est identifiée en Espagne par un « coup de bol » (p. 191) et Delahaye est localisé de manière miraculeuse : « Ce n'est rien, dit Supin, c'est de la chance » (p. 198). Lorsque Ferrer se rend à Saint-Sébastien pour confondre « l'escamoteur d'antiquités », c'est sur la base de renseignements très flous : « Supin n'avait pas donné d'autre indication que le nom de Saint-Sébastien, accompagné d'une hypothèse à probabilité limitée » (p. 200). Ces coïncidences minimisent l'importance que l'on accorde habituellement à l'enquêteur. Les éléments essentiels du roman policier sont soumis à un travail d'édulcoration, de « démythification » : ils ont en effet perdu la force mythique qu'ils avaient dans les romans modèles.

---

1. Le « polar » américain met en scène des actions violentes, où le détective risque sa vie (R. Chandler). Le roman à énigme repose sur une enquête intellectuelle (A. Christie).

DES ROMANS GÉOGRAPHIQUES, DES FICTIONS LUDIQUES

Comment qualifier dès lors les romans de Jean Echenoz ? L'écrivain a fourni une réponse : il dit qu'il écrit des « romans géographiques ». Le cadre spatial occupe effectivement une place importante dans *Je m'en vais* qui se déroule dans plusieurs lieux (le pôle Nord, Paris, le sud-ouest de la France, le pays basque). L'idée de déplacement est fondamentale : déplacement des personnages, qui vont d'un endroit à l'autre, mais aussi, déplacement du texte, qui parcourt tous les genres romanesques.

Une écriture ludique

Cet arpentage des sous-genres romanesques, ces réécritures du roman d'aventures ou du roman policier, ne sont pas des transpositions parodiques. La parodie, au sens classique du terme, consiste à transformer un modèle textuel de manière à le rabaisser, à le dégrader. Or il n'y a rien de contestataire dans les réécritures de Jean Echenoz. Il ne s'agit pas d'égratigner de façon méprisante un sous-genre romanesque. Au contraire, Jean Echenoz rend hommage à ces formes d'expression populaire. Il l'affirme à plusieurs reprises : l'ironie chez lui n'est pas un coup de griffe mais une forme d'admiration affectueuse. *Je m'en vais* est moins un roman parodique qu'une « fiction ludique », selon l'expression d'Olivier Bessard-Banquy[1].

La complicité avec le lecteur

L'utilisation ludique des stéréotypes génériques permet en effet à l'écrivain de construire des romans selon une double ligne : il y a simultanément dans *Je m'en vais* de l'action au plan narratif et au plan de l'écriture car le narrateur ne cesse d'adresser au lecteur

---

1. Olivier Bessard-Banquy, *Le Roman ludique : Jean Echenoz, Jean-Philippe Toussaint, Éric Chevillard*, Presses universitaires du Septentrion, Lille, 2003.

des clins d'œil. Nombreuses sont les connivences humoristiques que le texte cherche à établir avec le lecteur : le registre humoristique se substitue au registre dramatique. Ainsi, la scène de la mort du Flétan analysée précédemment ne peut se comprendre sans le réseau de références au froid qu'elle tisse. Le motif de la congélation apparaît bien avant la mort du Flétan, lorsque Baumgartner/Delahaye téléphone à sa femme pour évoquer sa vie solitaire, faite surtout de « surgelés » (p. 94). Arrive ensuite la location du camion frigorifique, destiné à « ne pas casser la chaîne du froid » (p. 114). Survient enfin la conclusion comique : le Flétan, au surnom adéquat, meurt… comme un poisson congelé (p. 137). Cette thématique de la congélation entre bien sûr en écho avec les icebergs et la glace polaires. La fourgonnette blanche est du reste « tout en angles comme une boîte ou comme les baraquements de Port Radium » (p. 119). Je m'en vais est construit selon un modèle arborescent qui multiplie les ramifications, les enchevêtrements, les correspondances, entre les lieux et entre les personnages.

Les fausses pistes

Je m'en vais cultive l'art de la feinte, en semant tout au long du texte des indices faux ou inutiles. Ainsi, la fuite de Baumgartner/ Delahaye en Espagne est déclenchée par la présence insistante d'un motocycliste vêtu et casqué de rouge qui fait penser à Baumgartner/Delahaye qu'il est suivi. Mais ce motocycliste ne jouera ensuite aucun rôle dans l'histoire. Il n'aura été que le prétexte d'une scène comique classique (l'arroseur arrosé) : comme l'homme est en panne « au bord d'une nationale sous la pluie », Baumgartner prend soin en voiture de l'éclabousser : « Il a ri de voir, dans son rétroviseur, l'homme sursauter sous la gerbe boueuse, il a été un peu déçu de ne pas le voir tendre le poing » (p. 182).

6 | Les registres d'écriture

HUMOUR ET IRONIE

On peut distinguer dans *Je m'en vais* une écriture ironique, liée à la dimension intertextuelle du roman, et une écriture humoristique, générée par des incongruités.

Registre ironique : une ironie « affectueuse »

L'écriture de *Je m'en vais* est ironique car le roman réécrit, avec distance, plusieurs sous-genres romanesques. Mais Jean Echenoz donne un sens particulier à l'ironie.

L'ironie classique et nouvelle

L'ironie est une figure rhétorique qui permet de faire entendre le contraire de ce qu'on dit, en se moquant du modèle que l'on imite. Mais, des travaux linguistiques[1] ont montré que cette définition était réductrice. D'une part, parce que l'ironie ne se limite pas à l'antiphrase. D'autre part, parce que l'ironie peut aussi rendre hommage et non dénoncer le modèle imité. Jean Echenoz pratique cette « ironie affectueuse ».

L'ironie dans *Je m'en vais*

L'écriture ironique se caractérise principalement par un effet de dédramatisation. Cette distanciation repose sur deux procédés : la banalisation d'actions extraordinaires (le voyage de Ferrer au pôle Nord, la mort du Flétan) et la dévalorisation des personnages. Ces

---

1. Philippe Hamon, *l'Ironie littéraire, essai sur les formes de l'écriture oblique*, Hachette Supérieur, 1996.

procédés sont pris en charge par un narrateur qui interfère dans le roman. Il peut par exemple ridiculiser un personnage (p. 47). Il peut également casser le rythme de l'action par des digressions intempestives.

▌ Registre humoristique

On trouve dans *Je m'en vais* trois types de comique : le comique de mots, de situation et de caractère.

Comique de mots

Le comique de mots repose sur des petits décalages linguistiques. Ainsi, des noms de certains personnages[1], fantaisistes et peu vraisemblables... On a vu également les jeux de mots sur le nom du Flétan qui n'est jamais « trop frais « (p. 95) quand on le réveille et qui meurt congelé.

Comique de situation

De nombreux épisodes exploitent les ressources d'un comique gestuel. Les thèmes graves et sérieux donnent lieu à des saynètes qui ridiculisent les personnages.

La description des funérailles de Delahaye, irriguée par le champ lexical du théâtre (p. 67), désacralise l'événement.

Les scènes érotiques sont également marquées par un changement de tonalité : l'écriture refuse tout lyrisme pour se faire compte-rendu prosaïque d'actions burlesques. Ainsi, la scène d'amour avec Sonia (chapitre 17) est interrompue de manière cocasse par le dysfonctionnement du Babyphone. Le roman joue sur des effets d'amplification, d'exagérations. Le récit quitte le registre réaliste et procède par notations hyperboliques.

Comique de caractère

Ferrer possède quelques défauts (fatuité, vanité) qui sont mis en exergue par un comique de répétition. Il est risible lorsqu'il

---

1. « Dans l'atelier de l'écrivain », pp. 247-248.

s'adresse aux artistes (p. 24). Tout le début du chapitre 5 fonctionne sur des effets de répétitions verbales (commentaires incongrus de Ferrer rapportés entre parenthèses, martèlement du mot « artiste », p. 25) qui transforme le personnage en moulin à paroles. Le corps du personnage fait penser à une simple mécanique, à du « mécanique plaqué sur du vivant », selon la définition du comique par le philosophe Henri Bergson (*Le Rire*, 1899).

LE RÔLE DU NARRATEUR

L'une des particularités de *Je m'en vais* est de faire intervenir régulièrement un narrateur sous la forme de différents pronoms (« je », « nous », vous »). Le narrateur occupe différentes fonctions : il assure une fonction de régie en contrôlant le déroulement du récit et une fonction évaluative en portant un jugement sur l'histoire ou les personnages. Loin d'être neutre, il dynamise le récit par son ironie et entretient avec le lecteur de forts liens de connivence.

La fonction régie

Tout au long du récit, le narrateur rappelle qu'il mène la danse. Cette prise de pouvoir se manifeste notamment par sa manière de mettre en scène les événements en choisissant le rythme du récit.

Pour aviver le suspense du récit, le narrateur peut aussi ralentir l'action par des digressions qui correspondent à plusieurs logiques. Il y a d'abord une logique descriptive : les digressions s'attardent sur des paysages, des milieux urbains, qui ont souvent une pertinence romanesque et sociologique et ancrent les personnages dans un arrière-fond réaliste. Il arrive aussi que ces développements soient totalement arbitraires et n'aient d'autre but que de ménager une pause poétique : les états de la neige (p. 63) ou les déhanchements des vagues (p. 171).

La digression peut aussi obéir à une pseudo-logique d'explication. D'où l'intrusion de parenthèses pour dresser des portraits (inopportuns) ou formuler des sentences sur l'expérience quotidienne. La digression a ici valeur humoristique.

Inversement, le narrateur peut accélérer le récit par de brusques omissions de passages intermédiaires. Les ellipses spatio-temporelles, du fait de la composition alternée du roman (chapitre 2), sont nombreuses. Les formules telles que « Continuons d'avancer, maintenant, accélérons » (p. 214) abondent à la fin du récit.

La prolepse (chapitre 2) produit également un effet d'accélération, particulièrement quand elle est théâtralisée et mise en valeur comme à la fin du chapitre du chapitre 5 (p. 31) qui annonce coup sur coup la disparition de trois personnages.

Les transitions du récit peuvent jouer sur des effets de surprises comme dans l'ouverture du chapitre 16 qui parodie un raisonnement scientifique. D'autres transitions sont au contraire soulignées par une déclaration du narrateur au lecteur, en ouverture de chapitre (p. 79).

La fonction évaluative du narrateur

Le narrateur peut intervenir de manière très discrète comme dans le premier chapitre, avec l'expression « moins essoufflé que j'aurai cru » (p. 7) qui laisse penser que l'état de santé de Ferrer est fragile (on apprend ensuite que Ferrer vient d'arrêter de fumer). Plus le récit avance, plus la position du narrateur s'affiche nettement, à des endroits clés du texte. Le narrateur juge la situation sentimentale du héros : « Mais ne serait-il pas temps que Ferrer se fixe un peu ? » (p. 115). Il affiche sa lassitude (p. 170). Ses interventions contribuent à dévaloriser les personnages, à accentuer leur médiocrité[1].

---

1. *Ibid.*, p. 244.

Le jugement du narrateur ne s'applique pas seulement aux personnages et au récit : il concerne aussi le monde réel. Le narrateur dénonce ainsi le statut des territoires arctiques (p. 22) ou des inégalités sociales (p. 122). L'espace (➜ PROBLÉMATIQUE 3, p. 48-49) est l'objet d'un regard critique.

▌ Un narrateur ironique, manipulateur et joueur

Le narrateur de *Je m'en vais* ressemble beaucoup à celui de *Jacques le Fataliste* (1773) de Diderot qui interrompt son récit par des digressions incessantes.

Les digressions ont ici deux fonctions : dynamiser le récit et divertir le lecteur. La complicité avec le lecteur est notamment assurée par les commentaires du narrateur sur les lois amoureuses : théories du coup d'œil, p. 105, du désir, p. 159, de l'invitation, p. 161, du dernier verre, p. 165. Ces réflexions, souvent des lieux communs présentés avec ironie, donnent l'impression au lecteur de partager avec le narrateur un savoir caché aux personnages.

Le narrateur peut aussi manipuler le lecteur par un jeu de focalisation. Parfois il prétend ne pas en savoir plus que le lecteur et adopte un point de vue externe : il fait des hypothèses pour expliquer le comportement des personnages (p. 165). Parfois au contraire il est omniscient (p. 31). Sa ruse consiste alors à ne pas tout dévoiler au lecteur (voir l'effet de surprise que provoque la révélation de l'identité de Baumgartner au chapitre 33).

Ce narrateur qui joue avec le lecteur ressemble, de son propre avis, à l'écrivain lui-même : le « je » du narrateur correspond aussi à ses initiales[1]. Il s'agit là d'une signature ludique, à la manière d'Hitchcock (cinéaste anglais, 1899-1980) qui apparaît fugitivement dans chacun de ses films.

---

1. *Ibid.*, p. 245.

LES DÉCALAGES STYLISTIQUES

L'écriture de Jean Echenoz est portée par une « euphorie rhétorique[1] ». L'écrivain a expliqué qu'il composait ses romans en s'inspirant du jazz[2]. Cela explique le rythme de ses phrases et l'animation du texte par un jeu avec les images (métaphores, comparaisons) qui introduisent des associations impertinentes pour caractériser êtres et choses. Enfin, le travail sur le lexique témoigne d'un grand amour pour la langue française.

Le rythme de la phrase

Jean Echenoz emprunte au jazz son art de la syncope. Accentuation d'un élément sur un temps fort en musique, la syncope se traduit dans la syntaxe par l'introduction d'un élément incongru qui brise la ligne mélodique de la phrase. Le rythme est ainsi soumis à de brutales variations de régime, à l'image des différentes intrusions du narrateur ou des brusques changements de temps verbaux signalés plus haut. Cette esthétique du choc et de la surprise est cependant contrebalancée par une écriture qui cultive la symétrie et les répétitions.

Balancements symétriques

Portraits et descriptions reposent souvent sur des oppositions couplées. Celles-ci peuvent être rythmiques et sémantiques, comme dans cette phrase qui met en balance maux et remèdes : « Ferrer n'hésita bientôt plus à s'inventer tous les deux jours des affections faciles à simuler – céphalées, courbatures – pour aller réclamer des soins – compresse, massages » (p. 23). Un effet similaire peut être observé dans le portrait de Laurence (p. 9) ou des peintres (p. 26), dans la description des machines du brise-glace (p. 20) ou du parfum de Bérangère (p. 69).

---

1. Olivier Bessard-Banquy, *Le roman ludique, Jean Echenoz, Jean-Philippe Toussaint, Éric Chevillard*, Septentrion, PUL, 2003, p. 7.
2. « Il se passe quelque chose avec le jazz », entretien avec Olivier Bessard-Banquy, *Europe* n° 820-821, août-septembre 1997, p. 200.

Les parallélismes peuvent également être phoniques. Les descriptions multiplient les assonances ou les allitérations. Ainsi le portrait de Victoire repose-t-il sur une série d'antithèses qui alternent assonances en [A] et allitérations en [P] : « elle paraît plus sauvage qu'ornementale ou d'agrément, datura plutôt que mimosa, moins épanouie qu'épineuse » (p. 29).

Ces couples antithétiques ont plusieurs fonctions. La loi des contrastes déclenche des effets comiques en établissant des rapprochements incongrus entre deux domaines habituellement séparés : les westerns côtoient les films pornographiques (p. 23), le téléphone Ericsson se confond avec les cigarettes Benson (p. 106)...

Lorsqu'elles concernent les personnages, les oppositions mettent en relief le caractère instable et trouble de la personnalité. Le personnage peut dès lors être réduit à un oxymore[1], comme dans le cas du peintre Martinov, au regard « innocemment rusé » (p. 42), expression qui ne permet pas de décider du degré de perfidie de l'artiste et qui accentue son caractère énigmatique.

Répétitions

L'attention du lecteur est attirée par des phénomènes d'insistance, de répétition. Ainsi, dans le même paragraphe, on trouve trois fois l'adverbe « très » (p. 93). Toujours dans cette page, on trouve la phrase suivante : « Longs rayonnages à peu près vides, longue table avec une assiette sale dessus, long canapé couvert d'une housse bleue. » Ces reprises, qui sont nombreuses dans le roman, donnent au texte un caractère expressif. Elles dynamisent les descriptions ou servent à charger le trait, à caricaturer, à satiriser (voir la description de l'appartement de Ferrer, p. 27 ou celle des habitants du 16e arrondissement, p. 122).

---

1. Association de termes antithétiques dans un même syntagme. Exemples : une « guerre propre », une « entreprise citoyenne ».

Énumérations et syncopes

Le roman est riche de nombreuses énumérations. Il met en catalogue tout ce qui compose le monde : les différentes formes d'art primitif (p. 26), les manières de décompter le temps (p. 35), les bruits entendus (p. 71), etc.

Ces énumérations sont souvent loufoques, comme celle des légumes susceptibles d'obtenir un prix dans le concours des gros légumes (p. 172). L'énumération porte en effet sur des objets qui peuvent être très prosaïques. Elle permet aussi de donner aux descriptions un aspect insolite. Ainsi la puissance des vagues est saluée par des termes qui s'appliquent habituellement à une corrida (p. 171).

L'effet d'insolite est parfois accru par une syncope qui clôture l'énumération. Il n'est pas rare en effet que celle-ci s'achève sur un élément humoristique qui rompt la progression ascendante de la phrase. Cet élément peut frapper par sa désinvolture : « Art bambara, art bantou, art indien des plaines et toute cette sorte de choses » (p. 26). Il peut aussi être remarquable parce qu'il attire l'attention sur un objet insignifiant et trivial : la description d'un parterre de fleurs (registre noble) s'achève par la mention des mauvaises herbes qui croissent sur la terrasse (registre prosaïque), « parmi lesquelles un pissenlit » (p. 93). Il peut enfin mettre en valeur des rapprochements incongrus : le bureau du cardiologue de Ferrer est décoré par « trois reproductions minables, deux diplômes d'angiologie décernés à Feldman par des sociétés étrangères et un cadre contenant, sous verre, des photographies des siens dont un chien » (p. 115).

Les images

Les images contribuent également à associer des pensées inconciliables, des idées antinomiques, des choses incompatibles. Elles conduisent à des associations impertinentes qui renversent l'ordre du monde : les êtres inanimés sont souvent associés à des qualités humaines (mouvement anthropomorphique) tandis que les êtres vivants sont, au contraire, appréhendés à travers des métaphores ou des comparaisons qui les transforment en choses (mouvement dépersonnalisant).

Des objets personnifiés

Les choses ou les lieux sont souvent personnifiés : le ciel « expectore » comme un humain enrhumé, les glaçons « colonisent » le freezer (p. 16)… Jean Echenoz fait un grand usage de la métonymie[1], par le biais des adverbes ou, de façon plus massive encore, par le recours à des adjectifs qualificatifs qui permettent d'échanger qualités humaines, animales ou végétales : les icebergs se déplacent « pensivement » (p. 33), les immeubles sont « dépressifs » (p. 79) ou « nerveux » (p. 201).

Les personnifications caractérisent traditionnellement la poésie lyrique. Rien de tel dans *Je m'en vais* : il s'agit, au contraire, de provoquer un décalage comique entre l'humble univers prosaïque et des termes appliqués généralement aux humains. Mais le fort ancrage dans une pathologie psychologique marquée par la dépression est également le moyen de montrer que l'ensemble de l'univers est affecté par une crise mélancolique.

Des personnages animalisés ou réifiés

À l'inverse, les personnages sont parfois décrits par des caractéristiques animales : les battements d'un cœur ressemblent à ceux d'un bouledogue – ou, étrangeté suprême – à ceux d'un martien (p. 116). Une nageuse peut avoir, par sa corpulence, le physique d'une otarie (p. 189).

Les personnages sont également souvent réifiés, considérés comme des choses. La silhouette de Victoire, aperçue de loin sous la pluie, est comparée à un sucre qui va fondre (p. 173) et un sourire peut ressembler à un glaçon (p. 203). Le corps du

---

1. Figure de rhétorique qui consiste à substituer un terme à un autre en raison d'un rapport de contiguïté, de coexistence ou de dépendance. Dans le cas de *Je m'en vais*, les substitutions concernent l'attribution de qualités humaines à des choses inanimées.

personnage est susceptible, à chaque moment, de se transformer en machine : c'est le cas de Ferrer, au moment de sa crise cardiaque. Son champ visuel fonctionne « comme enregistre encore une caméra versée par terre après la mort subite de son opérateur » (p. 144).

L'effet comique ici s'estompe : le roman montre à quel point l'être humain est menacé par la disparition (le sucre ou le glaçon fondent) ou par la dépersonnalisation. Lorsque le personnage est assimilé à une caméra, il n'est pas loin d'être un robot.

Le lexique

Jean Echenoz aime jouer avec les mots et il excelle dans l'art des contrastes, des entrechocs, lestant tour à tour sa phrase de mots détonants.

Les mots rares et scientifiques

Jean Echenoz n'aime pas les néologismes[1] mais apprécie les mots rares[2] comme cryonisés (p. 74), nyctalope (p. 80), péristatique (p. 206) ou supination (p. 187)… Ces termes créent des effets de surprise. Ils déstabilisent le lecteur en introduisant une part d'insolite, de dépaysement. Parce que leur sens n'est pas toujours connu, ils prennent aussi une dimension poétique.

Proche des mots rares le lexique scientifique est aussi très présent dans *Je m'en vais* : sont ainsi détaillés les habits des guides de Ferrer (chapitre 8) tout comme les manipulations que subit le héros à l'hôpital (chapitre 9). Ces mots étranges, comme les mots rares, ajoutent une voix poétique au roman.

Les mots de tous les jours

Jean Echenoz redonne aux mots de tous les jours leur part d'inattendu, d'imprévu, de poésie. Il réactive les expressions lexicalisées, que l'on entend quotidiennement, en les déformant.

---

1. Mot formé par l'écrivain, qui n'existe pas dans le dictionnaire.
2. « Dans l'atelier de l'écrivain », p. 247.

Un hôtel avec deux ou trois étoiles devient un « hôtel étoilé » (p. 112). L'expression « on entend passer des anges » se transforme en « passages d'ange » (p. 164). L'écriture joue ainsi sur des décalages grammaticaux : transformer un groupe nominal avec complément de nom en un groupe adjectival ou métamorphoser un groupe verbal en groupe nominal, pour joindre le familier et l'étrange.

De la même façon, l'écriture glisse en sous-main des expressions latines, qui devraient être soulignées par l'italique, mais qui du coup possèdent un pouvoir d'interrogation encore plus grand : ainsi de la poubelle à papiers de Ferrer qui, « mutadis mutandis à moins que nolens volens, fait au moins revenir son appareil à un gabarit normal » (p. 57), dans un contexte pour le moins équivoque.

On analysera de la même façon l'irruption d'expressions familières dans des passages au ton docte ou scientifique. Lors d'un rappel juridique sur les accords de Schengen, le lecteur est très surpris de voir que le discours s'emballe : « Les victimes des accords ne sont rien d'autre que des pauvres qui, supérieurement bougnoulisés, n'en comprennent que mieux leur douleur » (p. 181). L'irruption du terme « bougnoulisés », inconnu des dictionnaires, est là pour provoquer un effroi. Le décalage stylistique est à la fois d'ordre politique et poétique.

7 | L'art mis en question

Après l'expédition polaire, la description du milieu de l'art contemporain constitue la seconde grande entrée thématique du roman.

UNE CRITIQUE DE L'ART CONTEMPORAIN

Le roman se livre à une savoureuse satire de l'art contemporain. Il remet en question à la fois la qualité des œuvres exposées et le fonctionnement du marché de l'art. Il critique enfin l'académisme[1] qui menace ce milieu artistique. Cette charge polémique s'inscrit dans un débat d'actualité : l'art contemporain est-il une imposture ?

Des œuvres d'art ridiculisées

Félix Ferrer accueille des peintres aussi bien que des plasticiens. Les peintres travaillent dans une veine abstraite (Martinov peint des monochromes jaunes[2]) ou figurative (comme Gourdel). Les plasticiens produisent des installations c'est-à-dire la mise en scène de différents objets. Ce sont surtout ces installations qui sont moquées par le roman.

---

1. Style où l'art se fait trop sentir, où l'art est trop apprêté et conventionnel.
2. Peinture en une couleur. Tradition picturale qui va de Kasimir Malévitch (*Carré blanc sur fond blanc*, 1917) en passant par Yves Klein (toiles bleues dans les années 60) jusqu'aux monochromes noirs de Pierre Soulages (années 60 également).

Des œuvres représentatives de l'art conceptuel

L'art conceptuel est apparu dans les années 60. Les artistes conceptuels, à la suite de Marcel Duchamp[1] et de ses « ready-made », produisent des œuvres qui réfléchissent au statut et à la fonction de l'art. L'artiste Ben s'est par exemple exposé lui-même pendant quinze jours dans une vitrine à Londres, en 1962. Ce mouvement artistique, souvent considéré par le public comme une impasse, est représenté dans *Je m'en vais* par la description de différentes installations : Eliséo Schwartz est spécialisé dans les « températures extrêmes » et conçoit des « souffleries en circuit fermé » ; Charles Esterellas expose des « monticules de sucre glace et de talc » ; Marie-Nicole Guimard procède à « des agrandissements de piqûres d'insectes » (pp.24-25).

Une critique du minimalisme

Ces œuvres conceptuelles privilégient une esthétique minimaliste : elles font le choix du banal, de l'insignifiant. *Je m'en vais* se moque de cet art qui frôle le vide et l'imposture. Les installations de Esterellas et Guimard se replient frileusement sur des sphères domestiques, un rien infantiles (la petite blessure de la piqûre, les petits plaisirs de l'univers sucré). Les remarques de Ferrer (p. 25) bien que caricaturales et comiques mettent cependant en valeur, par contraste, la fadeur et l'étroitesse des thèmes abordés : les œuvres de Esterellas manquent de couleur ; celles de Guimard gagneraient à travailler sur des sujets plus conséquents (les serpents contre les insectes).

Cet art de la régression atteint son point ultime avec les performances de Rajputek Fracnatz qui travaille « exclusivement sur le sommeil » (p. 25). L'œuvre d'art se réduit caricaturalement à une

---

1. Artiste français (1887-1968) qui a fait scandale en exposant des objets manufacturés signés, des « ready-made », (un urinoir, par exemple) comme s'il s'agissait d'objets d'art.

activité non productive. Rajputek propose du reste un autre projet, pareillement marqué par une vacuité grotesque, par « l'idée d'une œuvre en négatif » : « Cette fois, au lieu d'accrocher un tableau sur un mur, il s'agit de ronger à l'acide, à la place du tableau, le mur du collectionneur : petit format rectangulaire 24 X 30, profondeur 25 mm » (p. 129).

Le roman critique également l'aspect éphémère de ces installations : un dégât des eaux réduit à néant les monticules de sucre glace (p. 54). L'œuvre d'art ne s'inscrit plus dans l'éternité. Elle est soluble dans le quotidien le plus trivial.

▎ Une mise en abyme de l'œuvre littéraire

En décrivant ces œuvres d'art, *Je m'en vais* met en abyme le modèle littéraire : l'esthétique picturale apparaît comme le miroir d'une certaine esthétique littéraire. Le roman atteint ici une dimension réflexive, « métatextuelle », c'est-à-dire qu'il critique un art par le biais d'une autre forme artistique. On peut en effet faire l'hypothèse que les remarques faites contre le minimalisme pictural valent aussi contre une littérature minimaliste. Jean Echenoz (→ PROBLÉMATIQUE 1, p. 28) refuse d'être étiqueté comme un auteur minimaliste. *Je m'en vais* peut se lire ainsi comme une dénonciation implicite d'une écriture qui privilégie le presque rien, le minuscule.

UNE VISION SATIRIQUE
DU MARCHÉ DE L'ART

La qualité artistique de l'œuvre importe peu : ce qui compte, c'est qu'elle soit vendue au meilleur prix.

▎ Ferrer, un homme d'affaire

Ferrer apparaît plus comme un homme d'affaires que comme un amateur d'art. Ses vêtements sont à cet égard très significatifs : « C'est que Ferrer, quand il s'occupe de sa galerie, se fait une règle d'être impeccablement vêtu : tenue stricte et presque austère d'homme politique ou de directeur d'agence bancaire » (p. 17). Il est débordé, comme le « premier technico-commercial venu » (p. 54). Les jugements esthétiques qu'il fournit sont d'une très grande pauvreté et sont sans cesse débordés par un rappel de la valeur marchande de l'œuvre : « Ça, c'est intéressant. Ça va monter pas mal bientôt mais c'est encore très abordable. Et puis voyez comme c'est clair, non ? C'est évident. C'est lumineux », explique le personnage en désignant « une œuvre composée de quatre carrés d'aluminium peints en vert clair juxtaposés » (p. 41).

▌ Les lois d'un marché commercial

Les productions artistiques sont devenues des produits commerciaux (« tout est labellisé », déclare le galeriste, p. 42). Elles sont soumises à la loi d'un marché fluctuant. Au début du roman, Gourdel est en plein essor et Martinov en net déclin (p. 26). Les faits se renversent à la fin : Gourdel est éconduit par Ferrer (p. 42) et tente de se suicider (p. 54). Martinov, lui, « décolle vers un statut de peintre officiel » (p. 215). Le marché connaît des moments de crise (p. 25) et de reprise (p. 215). Tout se passe comme si les artistes étaient cotés en bourse.

▌ Un milieu mondain

Les dialogues de Ferrer avec les artistes ou le collectionneur Réparaz constituent de petites scènes théâtrales comiques qui mettent en lumière la vanité d'un milieu superficiel et mondain (voir les cocktails et dîners qu'organise Ferrrer, p. 216). Les personnages sont pris dans un tourbillon scénique (Gourdel quitte la galerie au moment où Martinov fait son apparition, p. 42) qui dynamise le récit tout en dévoilant la fragilité d'une renommée artistique, souvent éphémère.

Ce mouvement permanent est en réalité assez illusoire. Le milieu de l'art est un milieu replié sur lui-même. À cet égard, les souffleries en « circuit fermé » de Schwartz ont une valeur symbolique d'un art narcissique qui fonctionne en « circuit fermé ». De même, Réparaz, qui en découvrant naïvement l'exotisme d'un quartier populaire pense découvrir le monde (p. 40), incarne l'archétype du riche amateur d'art coupé du monde. La réaction qu'il a devant une toile représentant un viol collectif montre à quel point le collectionneur veut rester à l'écart des violences du monde ou s'en repaître en voyeur : la toile lui plaît mais Réparaz la trouve un peu trop grande et déplore son encadrement, constitué d'épais barbelés (p. 163). Sans doute juge-t-il qu'il s'agit là d'un art un peu trop ostentatoirement agressif.

Un art académique

C'est enfin l'académisme d'un art officiel que dénonce le roman.

Des artistes assistés

Loin d'occuper des positions subversives, d'être « contre » (comme dans la période romantique), l'artiste contemporain est en phase complète avec l'époque ou les pouvoirs établis. Il vit des subsides de l'État : bourses à Berlin, fondations en Floride, postes dans des écoles d'art à Strasbourg ou Nancy (p. 25). Il n'est plus hors des circuits économiques mais, au contraire, au cœur des flux financiers.

Un art officiel

La consécration d'un peintre se mesure au nombre de commandes fournies par les institutions administratives. L'ambitieux Martinov, « au regard innocemment rusé » (p. 42) accomplit une parfaite trajectoire : exposition à la Caisse des dépôts et consignations (p. 43) puis commandes pour des « halls de ministères à Londres et des entrées d'usine à Singapour, des rideaux de scène et des plafonds de théâtre un peu partout » (p. 215). L'art, parce qu'il est instrumentalisé, parce qu'il ne sert plus que de décor à des lieux fonctionnels ou culturels, perd de sa force. C'est un art institutionnel, soumis aux lois du conformisme. D'où le manque d'originalité des œuvres, leur caractère répétitif, comme le suggère la réflexion de Ferrer à propos des monochromes de Martinov : « Ils sont tous plus ou moins jaunes de toute façon » (p. 162).

LE STATUT DE L'ART PRIMITIF

L'art primitif (terme employé dans le roman) est également appelé « art premier ». Il désigne les productions artistiques des sociétés dites « traditionnelles » (par exemple, l'art africain ou l'art des aborigènes d'Australie). Il s'agit dans le roman de l'art inuit.

On pourrait penser que l'art primitif offre un contrepoint stimulant à ces œuvres médiocres. Il n'en est rien.

Un art très matérialiste

L'art inuit n'échappe pas à la vision spéculative qui caractérisait déjà l'art conceptuel. Avant d'être des œuvres d'art, les objets sont considérés comme un « trésor », un « butin ». Ferrer ne s'y intéresse qu'en tant qu'objets commerciaux. Il est moins attentif aux influences et aux styles de l'art polaire qu'à sa « valeur marchande » (p. 53).

La description du trésor d'art paléo-baleinier, qui clôt le chapitre 12, se réduit à une longue énumération d'objets éclectiques couronnée par l'expression suivante : « Une fortune » (p. 78). Celle-ci désigne sans ambiguïté la nature de l'intérêt que Ferrer porte à cette découverte. Après avoir pensé qu'il en paierait le prix (notamment sur le plan de sa santé), il peut, à la fin du roman, enfin respirer : « Les objets trouvés dans la *Nechilik* ont engendré des bénéfices considérables » (p. 215).

L'art conceptuel proposait des œuvres ancrées dans le quotidien. L'art inuit est, lui aussi, constitué d'objets appartenant à la vie de tous les jours : lunettes de neige, armure, engins de chasse, poupées (pp. 77-78). Certes, la description du trésor insiste sur la dimension symbolique de ces objets : on trouve des masques, une collection de crânes ou des « objets magiques et funéraires »

(p. 78). Mais les comparaisons (les sculptures funéraires ont la forme de « bretzel », ces biscuits d'apéritif que l'on sert dans l'Est de la France) rabaissent l'art polaire à un niveau trivial.

▍Des œuvres énigmatiques

La description de ce trésor inuit ne remet pas en cause l'art polaire en tant que tel mais sa réception par le public.

Une difficulté à comprendre les œuvres

La description du trésor (pp. 77-78) rend compte de l'incompréhension que l'on peut avoir avec ce type d'art. Elle est faite, on l'a dit, d'une énumération (comme un catalogue d'exposition) qui ne détaille ni l'aspect spécifique des pièces, ni réellement leurs fonctions. Les œuvres, pour le lecteur, restent assez énigmatiques. D'autant que le narrateur, loin de fournir des explications, se contente de multiplier les termes techniques pour désigner la matière dont sont faits ces objets (andouiller de renne, fanon de baleine, ivoire à lacets, bois de caribou, quartz, cubitus de phoque, corne de bœuf musqué, nickel de météorite, stéatite ou néphrite, jaspe, silex, rails d'obsidienne, etc.). Si ce lexique spécialisé insiste sur la nature très matérielle des œuvres inuits, il contribue également à opacifier la description. L'art inuit apparaît aussi obscur que les productions d'art contemporain.

L'attitude de Ferrer

Ferrer, malgré sa motivation mercantile, fait des efforts : il achète deux petites sculptures qu'il étudie longuement le soir : « une femme endormie de Povungnituk et une figuration d'esprits de Pangnurtung » (p. 53). Mais ses tentatives pour saisir le sens de ces œuvres relèvent plutôt d'une vague espérance : « Bien que ces formes ne lui fussent pas familières, il finit par espérer les comprendre un peu, distinguer leur style, discerner leurs enjeux » (p. 53). Au reste, le lecteur est en droit de se demander si Ferrer n'a pas choisi d'acheter la première sculpture simplement parce qu'elle correspond à ses rêveries érotiques...

L'attitude des guides esquimaux

Les guides esquimaux de Ferrer, au moment de la découverte du trésor, manifestent une indifférence encore plus ouverte. Si Ferrer est « assez ému », les deux guides, eux, semblent s'amuser beaucoup, sans prendre conscience qu'il s'agit des traces de leur propre civilisation : « les deux guides rigolaient en échangeant des plaisanteries intraduisibles. De tout cela, ils avaient l'air plutôt de s'en foutre » (p. 76). Le changement de registre de langue (brusque intrusion du registre familier) donne au passage un aspect clairement burlesque : il applique des termes triviaux au moment où le lecteur attend un registre de langue noble, en accord avec le thème traité.

L'attitude de Supin

Supin, l'enquêteur chargé de retrouver Baumgartner, est un intuitif. Il mène son enquête avec désinvolture et réussit grâce à son flair. C'est peut-être ce qui le conduit à apprécier avec une réelle émotion les œuvres d'art inuit : « Supin, très ému, déclare d'abord qu'il ne peut accepter mais il finit par repartir avec son œuvre emballée sous le bras, sa fiancée sous son autre bras » (p. 216). On peut penser que dans cette alliance (l'amour et l'art) il existe, comme en pointillés, un avenir plus heureux pour les personnages.

8 | Le roman, représentation du monde contemporain

Jean Echenoz dit que ses livres ne cherchent pas à faire passer des messages et que son désir est de fabriquer des « romans comme des machines[1] ».

Je m'en vais dresse cependant en oblique le portrait de la société d'aujourd'hui. Il interroge la place de l'homme dans un territoire marqué par le vide. L'écrivain a du reste déclaré : « Je ne peux que décrire des personnages en rapport, en relation avec le monde – de façon presque autobiographique parfois – non sans tenir compte de la position du sujet moderne dans le monde contemporain, avec tout ce que cela suppose de réticence, de décentration, d'incertitude et de vide, dans la mesure où l'on n'a pas une existence véritablement comblée, ce qui n'est sans doute pas seulement le propre de notre époque[2]. »

C'est donc au total un état des lieux assez pessimiste que dresse le romancier.

DÉPLACEMENTS ET TRAJETS DES PERSONNAGES

Le titre du roman est hautement significatif : les personnages passent leur temps à « s'en aller ». Mais ces déplacements sont souvent vains. Ils correspondent davantage à la nécessité de fuir l'ennui qu'à l'envie de découvrir un pays.

---

1. « Dans l'atelier de l'écrivain », p. 242.
2. « Il se passe quelque chose avec le jazz », *art. cit,*. p. 195.

L'aéroport

C'est un lieu décrit à deux reprises dans le roman. Dans le chapitre 2, l'aéroport se réduit à un décor de passage. « Ce n'est qu'un lieu de passage, un sas, une fragile façade au milieu d'une plaine » (p. 10) qui symbolise l'impossible enracinement des personnages. Le chapitre 16 s'attarde sur l'intérieur du bâtiment en décrivant notamment un lieu inattendu : le Centre spirituel (p. 101). Mais sa dimension religieuse semble curieusement absente. Relégué au sous-sol, coincé entre l'escalator et l'ascenseur, il est marqué par un mobilier minimaliste et prosaïque. La population qui le fréquente est désignée comme une « clientèle » (p. 101) et semble davantage soucieuse de conjurer « l'horreur du vide, la peur du mal de l'air » (p. 102) que de prier religieusement.

Les bateaux

Le bateau *Des Groseilliers* est l'objet lui aussi d'une description qui multiplie les précisions (p. 18). Une fois le décor réaliste planté, le récit évoque principalement la routine du voyage. Hors l'aventure de Ferrer avec une infirmière, l'ennui domine. Le paysage est monotone (p. 34), les distractions insignifiantes (p. 35). Le voyage n'est plus source de dépaysement ou d'étonnement. Le franchissement du cercle polaire donne lieu à un rite d'initiation parodique, un bizutage ridicule (pp. 32-33).

La *Nechilik* est un bateau plus mystérieux. D'une part, parce qu'il contient le trésor. D'autre part, parce qu'il est chargé du poids du passé. Le temps semble s'être figé en 1957, date du naufrage, et la description joue sur des effets de transfiguration poétique, comme le montrent par exemple deux papiers froissés et gelés qui ressemblent à « deux roses des sables » (p. 74).

Déplacements touristiques

Ferrer et Baumgartner se conduisent parfois comme des touristes. Baumgartner visite le Sud-Ouest et Saint-Sébastien. C'est dans cette ville balnéaire que Ferrer se retrouve à la fin du roman. Pour ces deux hommes, le tourisme n'est qu'un passe-temps sans signification.

Tourisme dans le Sud-Ouest

Baumgartner circule « comme un vacancier dans toute l'Aquitaine » (p. 96). Il tue le temps dans « le peu de musées qu'il trouvera », visite mécaniquement chaque matin des églises et épuise tous les sites touristiques (p. 96). Mais ce tourisme ne correspond à aucune vraie curiosité. La carte de France est devenue une carte postale sans épaisseur. Le pays ressemble à un vaste parc de loisirs qui cumule « écomusées, curiosités, panoramas et points de vue » sans que ceux-ci ne soient jamais décrits dans le roman alors même que les chambres d'hôtel sont l'objet de longs descriptifs (p. 112). Le touriste, d'hôtel en hôtel, consomme sans contempler le monde.

Tourisme en Espagne

Ferrer visite Saint-Sébastien en touriste, avec le même ennui que Baumgartner : « Comme il déambulait ainsi, des jours durant, sans autre but particulier qu'un événement de hasard, tâchant d'inventorier tous les quartiers, il finit par se fatiguer un peu de cette ville trop grande en même temps que trop petite, où l'on n'était jamais sûr d'être où l'on était tout en ne le sachant que trop » (p. 200). Le peu de curiosité finit par s'émousser et Ferrer renonce à flâner dans la ville. Il préfère passer son temps à somnoler dans un transatlantique sur la plage (p. 201).

Des frontières ambiguës

La frontière entre la France et l'Espagne est l'objet d'un long développement. Elle est envisagée de manière équivoque. Elle est certes associée à l'idée de passage, de transformation. Dans le chapitre 30, un paragraphe établit de manière faussement scientifique, en exagérant les données, les changements que l'on peut constater d'un pays à un autre : « Le corps se transforme en passant une frontière, on le sait aussi, le regard change de focale et d'objectif, la densité de l'air s'altère et les parfums, les bruits, se découpent singulièrement, jusqu'au soleil qui a une autre tête » (p. 185). Mais cette apparence de nouveauté, de découverte, est mise à mal par la description même de la zone frontalière. Cette dernière ressemble au Paris traversé par Ferrer. Comme la capitale, le poste frontière de Béhobie est envahi par des chantiers de démolition (p. 184). C'est, symboliquement, l'idée même de frontière qui est mise à mal. Autre manière pour Jean Echenoz de dire que le monde se défait plus qu'il ne se construit.

SOLITUDE ET ENNUI

Les lieux traversés par les personnages sont souvent des lieux vidés de toute présence humaine (chapitre 3). Le pôle Nord est désert ; le Sud-Ouest ou l'Espagne pendant la saison creuse (plages vides, hôtels inoccupés) ; Paris au mois de juillet (p. 140). Dans cet univers désaffecté, les rencontres sont rares. Le roman dresse ainsi le portrait de l'homme d'aujourd'hui : un homme solitaire en proie à l'ennui.

Solitude

La société d'aujourd'hui entraîne l'individu dans la recherche permanente d'un bonheur personnel, d'un mode de vie dégagé de toute contrainte. Mais cette liberté se paie cher : l'individualisme mène aussi à la solitude.

L'absence de rencontre

Les personnages sont souvent repliés sur eux-mêmes. Sur le *Des Groseilliers,* Ferrer tente en vain de s'entretenir avec les hommes de l'équipage mais ne parvient qu'à parler d'oiseaux avec un jeune matelot timide (p. 20). Lorsque Baumgartner visite le Sud-Ouest, il est confronté à la solitude, « dormant absolument seul » (p. 96), parlant à peu de monde et finissant par ne presque plus sortir de ses chambres d'hôtel. Si Ferrer essaie de rentrer en contact avec ses contemporains, Baumgartner, lui, semble définitivement fuir la société comme le montre son comportement dans le métro (➜ PROBLÉMATIQUE 4, p. 54).

La solitude dans la multitude

On peut être seul au milieu du monde. C'est ce qui arrive à Ferrer dans l'avion qui le conduit au pôle Nord : « À deux cents compressés dans une carlingue, on est en effet isolé comme jamais » (p. 12). Le roman établit souvent des rapprochements entre un personnage solitaire et la foule. C'est le cas de Ferrer qui, d'une terrasse, regarde passer les femmes (p. 127). C'est, à l'inverse, une femme seule qui est contemplée par des badauds : « Elle est absolument seule dans la baie, sous un ciel gris-brun qui n'arrange rien, des gens s'arrêtent pour la regarder sur la promenade » (p. 189).

La solitude sentimentale

Les personnages sont principalement des célibataires ou des divorcés sans attaches familiales. Ferrer a quitté sa femme. Les femmes qu'il rencontre apparaissent vulnérables : Sonia élève seule son enfant ; Victoire (comme le montre surtout *Un an*) n'a pas de famille ; Bérangère est célibataire ; Hélène est divorcée… Comme l'écrit Olivier Bessard-Banquy, le héros echenozien est un « célibataire accompagné[1] ». L'amour se réduit à une suite de rencontres fugitives qui s'oublient facilement.

Si les relations sentimentales sont décevantes, la famille ne constitue pas pour autant une valeur refuge. Elle est elle aussi vouée à la décomposition. Sonia ne semble guère présente auprès de son jeune fils et délègue son autorité maternelle à une triste baby-sitter (p. 108). La description de la famille de Ferrer est éloquente : elle ressemble à « un archipel très épars et lointain, peu à peu submergé par la montée des eaux » (p. 149).

---

1. Olivier Bessard-Banquy, *Le Roman ludique, op.cit.,* p. 208.

Oisiveté

Faux touristes ou piètres explorateurs, les personnages sont fréquemment oisifs, souvent en marge de l'activité économique : Delahaye ne travaille plus ; Victoire, sans emploi, passe son temps devant la télévision ; Hélène n'exerce plus son métier de médecin et vit d'un héritage et d'une pension alimentaire (p. 159).

L'ennui guette donc en permanence les personnages et il s'agit au mieux pour eux de lutter contre ce sentiment. Plusieurs possibilités existent : parcourir l'espace pour occuper le temps ; multiplier, comme Ferrer, les aventures amoureuses... La réponse à ces journées interminables peut aussi consister à saucissonner le temps comme en prison. La durée se fractionne en micro-événements (p. 35) qui en disent long sur l'ankylose des personnages.

Le temps météorologique (brumes opaques du pôle Nord, froideurs automnales à Saint-Sébastien, hiver, p. 219) rend compte symboliquement de l'état d'âme des personnages, à l'image de Baumgartner dont la vie est « silencieuse et feutrée comme un mauvais brouillard » (p. 182).

Un éternel dimanche

De ressassements en ressassements, la narration piétine et ne fournit d'ailleurs qu'un seul indicateur chronologique. C'est la journée blanche du dimanche qui ponctue régulièrement un récit qui commence un « premier dimanche soir de janvier » (p. 7). Tout le récit se trouve ensuite englué dans cette unique date. Au pôle Nord : « Le reste du temps c'est dimanche, un perpétuel dimanche dont le silence de feutre ménage une distance entre les sons, les choses, les instants mêmes » (p. 36). À Port Radium, il ne se passe pas grand-chose, « spécialement le dimanche où s'enchevêtrent étroitement, à leur plus haut degré d'efficacité, l'ennui, le silence et le froid » (p. 88). C'est également un dimanche, un « vrai dimanche » (p. 48) que l'on retrouve ensemble Ferrer et son infirmière. C'est aussi un dimanche que Ferrer revient du pôle

Nord (p. 102) et c'est enfin un dimanche que Baumgartner arrive à Biarritz (p. 170). Dans ce roman où la chronologie est malmenée par les analepses et les prolepses, la répétition de cette unique date montre bien l'ennui dans lequel baignent les personnages.

Mélancolie

Les personnages sont donc souvent saisis par un sentiment de mélancolie qui peut être énoncé par le narrateur avec une certaine ironie. Ainsi, la mélancolie de Baumgartner est évoquée dans un passage qui transpose une phrase de *L'Éducation sentimentale* de Flaubert (➜ PROBLÉMATIQUE 5, p. 62). Ferrer est aussi envahi parfois par une « sombre mélancolie » (p. 191), un « passage à vide » qui le conduit à douter de lui (p. 192). Après le départ d'Hélène, son comportement témoigne d'un « état de sidération » (p. 223) qui, de manière discrète mais forte, rend compte de son désarroi.

L'ÉCHEC AMOUREUX

Les rencontres amoureuses sont vouées à l'échec (➜ PROBLÉMATIQUE 4, p. 59). L'amour se réduit à une « collection d'aventures dérisoires » dont le héros « connaît d'avance l'issue, dont il n'imagine même plus comme avant que cette fois-ci sera la bonne » (p. 111)… C'est dire si le temps désormais est celui des « illusions perdues[1] » même si la déconvenue sentimentale s'écrit toujours de manière plus ou moins comique.

▌Ferrer, un personnage revenu de tout

Ferrer serait-il donc, comme s'interroge malicieusement le narrateur, « revenu de tout » ? (p. 115). Pas tout à fait. Ferrer est un homme complexe, capable de gestes généreux comme de pensées très égoïstes. L'expression « être revenu de tout » doit s'entendre dans un sens fort : il revient de loin (un accident

---

1. Titre d'un célèbre roman de Balzac.

cardio-vasculaire, un voyage au pôle Nord) et il proclame sans cesse « je m'en vais ». Un homme tiraillé entre le désir d'attachement et l'envie de croire encore que tout est possible.

Un séducteur fragile et lâche

Même si le récit raconte avec drôlerie ses déboires, Ferrer reste un personnage malmené par la vie : divorce avec Suzanne, ennuis graves de santé, ruine financière et abandon d'Hélène.

Ferrer est également faible parce qu'il est lâche. L'incipit du texte le présente comme un homme généreux, du point du vue matériel : « Je te laisse tout mais je pars » (p. 7). En réalité, Ferrer laisse toujours tout, y compris les femmes. Il s'intéresse peu au sort de Victoire, après son départ, ne rappelle pas Sonia, oublie l'infirmière bronzée, la fille esquimaude et sa voisine. Et, une fois la rupture consommée avec Hélène, il ne songe plus qu'à retrouver son ex-femme, même s'il s'attend au pire.

Un personnage désenchanté et lucide

Ferrer agit comme un cynique et n'attend rien de la rencontre amoureuse. Elle n'est pour lui qu'un passe-temps pour meubler l'ennui. Les êtres féminins sont interchangeables.

Ferrer est un homme désenchanté mais lucide. Il ne croit à rien, même pas à Hélène car il sent instinctivement que cela ne va pas « marcher entre eux » (p. 150). Après la rupture, il adopte une conduite pragmatique : comme il le fait pendant sa vie professionnelle il passe son temps à téléphoner pour ne pas être réduit à vivre un 31 décembre solitaire, ce qui le conduit à retourner chez son ex-femme Suzanne. Ferrer est un anti-héros : c'est l'homme de la compromission, ce qui ne l'empêche pas d'être dans l'extrême (faire le tour de toutes les femmes et du monde).

Les affres du célibat

Si la vie d'un homme divorcé est dépeinte parfois de manière pathétique, elle n'en est pas moins l'occasion de scènes qui racontent de manière comique les affres du célibat. Le roman multiplie les scènes cocasses : amour trop parfumé avec Bérangère ou trop sonore avec Sonia. Le chapitre 17 est particulièrement drôle : il désamorce la description attendue d'une scène érotique et fait de ce passage (qui aurait dû être intime) un moment où se mêlent l'obligation d'être assujetti à des codes familiaux (l'enfant de Sonia manifeste son désir d'exister) et des rappels à la vie publique (l'interférence du Babyphone relie Ferrer au monde policier). Ferrer veut mener une vie hédoniste[1], mais le parcours vers le plaisir est semé d'embûches : toute vie est, comme le rappelle implicitement le texte, soumise à l'ordre de la loi. Le héros, qui l'ignore, se condamne à la solitude.

Le couple Hélène/Ferrer

L'échec de l'histoire entre Hélène et Ferrer illustre cette loi de l'abandon. L'histoire d'amour peine à exister, aussi bien dans ses prémices que dans son existence quotidienne.

Une femme troublante

Hélène, on l'a dit (→ PROBLÉMATIQUE 4, p. 60), est une femme secrète et mystérieuse. Elle déjoue toute prévision : vêtue en femme fatale puis sobrement ; tantôt maquillée, tantôt pas… elle est insaisissable : très présente (de manière inexplicable) après l'hospitalisation de Ferrer, elle renonce ensuite à lui rendre visite. Ferrer songe à elle, avec réticence .

Un dialogue creux

Les débuts entre Hélène et Ferrer ne sont pas simples : d'emblée, le dialogue s'avère difficile. Hélène est une femme secrète qui parle peu d'elle. La communication entre eux se solde par des « mutismes pâteux, pesants, encombrants comme une glaise colle aux semelles » (p. 178).

Lorsque la rencontre amoureuse advient, le roman procède à une accélération qui passe très vite sur l'essentiel ou à l'essentiel : Hélène obtient un double des clefs de l'appartement de

---

1. Doctrine philosophique qui fait du plaisir le but de la vie.

Ferrer puis s'occupe de la galerie (p. 214). Les conversations qu'ils ont concernent uniquement les affaires (p. 215).

Une vie de couple creuse

La description de la vie de couple laisse une faible part à l'intime. Ce ne sont que cocktails et dîners mondains (p. 216)... La relation amoureuse se célèbre en public : aménagement d'un nouvel appartement ; projet d'un réveillon chez le client Réparaz... Le succès de la future réception est tristement quantifiée : douze orchestres, quatorze buffets et trois cents célébrités... (p. 220). Tout cela « menaçait d'être assez divertissant », commente ironiquement le narrateur (p. 220).

Il y a effectivement de la menace dans l'air et le divertissement tourne court. Hélène annule la fête et part rejoindre le peintre Martinov sans prendre même le temps d'expliquer ses choix.

CONCLUSIONS

Je m'en vais propose un portrait amer du néant qui happe l'homme d'aujourd'hui : l'individu affronte désormais la vie sans appui. Ni la religion (voir le sort qui lui est fait lors de la description du Centre spirituel de l'aéroport), ni les voyages (voir l'ennui qui nappe chaque déplacement), ni la compagnie de l'autre (voir la solitude des êtres) ne sont en mesure d'aider l'homme. L'existence est ainsi placée sous le signe d'un tragique ordinaire et banal.

Il n'en reste pas moins que cette condition tragique s'écrit sans chercher d'effets pathétiques. L'écriture de Jean Echenoz trouve un point d'équilibre entre gravité et ironie, dépression et euphorie... Toute la force de *Je m'en vais* est en effet de porter une attention extrême aux drôleries poétiques de la langue pour mieux interroger l'univers prosaïque du monde contemporain.

TROISIÈME PARTIE

Lectures analytiques

Texte **1** | Chapitre 1
(*Je m'en vais*, pages 7 à 9)

Je m'en vais, dit Ferrer, je te quitte. Je te laisse tout mais
je pars. Et comme les yeux de Suzanne, s'égarant vers le sol,
s'arrêtaient sans raison sur une prise électrique, Félix Ferrer
abandonna ses clefs sur la console de l'entrée. Puis il boutonna
5 son manteau avant de sortir en refermant doucement la porte
du pavillon.

Dehors, sans un regard pour la voiture de Suzanne dont les
vitres embuées se taisaient sous les réverbères, Ferrer se mit en
marche vers la station Corentin-Celton située à six cents mè-
10 tres. Vers neuf heures, un premier dimanche soir de janvier, la
rame de métro se trouvait à peu près déserte. Ne l'occupaient
qu'une dizaine d'hommes solitaires comme Ferrer semblait
l'être devenu depuis vingt-cinq minutes. En temps normal il se
fût réjoui d'y trouver une cellule vide de banquettes face à face,
15 comme un petit compartiment pour lui seul, ce qui était dans
le métro sa figure préférée. Ce soir il n'y pensait même pas,
distrait mais moins préoccupé que prévu par la scène qui venait
de se jouer avec Suzanne, femme d'un caractère difficile. Ayant
envisagé une réaction plus vive, cris entremêlés de menaces et
20 d'insultes graves, il était soulagé mais comme contrarié par ce
soulagement même.

Il avait posé près de lui sa mallette contenant surtout des
objets de toilette et du linge de rechange et, d'abord, il avait
regardé fixement devant lui, déchiffrant machinalement des pa-
25 nonceaux publicitaires de revêtements de sol, de messageries de
couples et de revues d'immobilier. Plus tard, entre Vaugirard et
Volontaires, Ferrer ouvrit sa mallette pour en extraire un catalogue de vente aux enchères d'œuvres d'art traditionnel persan
qu'il feuilleta jusqu'à la station Madeleine, où il descendit.

30 Aux environs de l'église de la Madeleine, des guirlandes élec-
triques supportaient des étoiles éteintes au-dessus des rues plus
vides encore que le métro. Les vitrines décorées des boutiques
de luxe rappelaient aux passants absents qu'on survivrait aux
réjouissances de fin d'année. Seul dans son manteau, Ferrer
35 contourna l'église vers un numéro pair de la rue de l'Arcade.

Pour retrouver le code d'accès à l'immeuble, ses mains se frayèrent un chemin sous ses vêtements : la gauche vers l'agenda glissé dans une poche intérieure, la droite vers ses lunettes enfouies dans une poche pectorale. Puis, le portail franchi, négligeant l'ascenseur, il attaqua fermement un escalier de service. Il parvint au sixième étage moins essoufflé que j'aurais cru, devant une porte mal repeinte en rouge brique et dont les montants témoignaient d'au moins deux tentatives d'effraction. Pas de nom sur cette porte, juste une photo punaisée, gondolée aux angles et représentant le corps sans vie de Manuel Montoliu, ex-matador recyclé péon, après qu'un animal nommé Cubatisto lui eut ouvert le cœur comme un livre le 1er mai 1992 : Ferrer frappa deux coups légers sur cette photo.

Le temps qu'il attendait, les ongles de sa main droite s'enfoncèrent légèrement dans la face interne de son avant-bras gauche, juste au-dessus du poignet, là où se croisent nombre de tendons et de veines bleues sous la peau plus blanche. Puis, très brune aux cheveux très longs, pas plus de trente ans ni moins d'un mètre soixante-quinze, la jeune femme prénommée Laurence qui venait d'ouvrir la porte lui sourit sans prononcer un mot avant de la refermer sur eux. Et le lendemain matin vers dix heures, Ferrer repartit vers son atelier.

INTRODUCTION

Situer le passage

Il s'agit de l'*incipit* du roman, qui s'ouvre sur le départ du personnage principal Ferrer, ce qui confirme le titre et préfigure les futurs voyages du héros.

Dégager les axes de lecture

Cette ouverture joue avec les conventions de l'*incipit*. Loin d'éclairer le lecteur, elle multiplie le mystère. C'est une entrée en matière ludique qui peut être éclairée par la relecture du texte.

UNE SCÈNE DE DÉPART

Le roman débute *in media res*, par les paroles du personnage principal : « Je m'en vais [...] je te quitte », l. 1, qui soulignent clairement le commencement d'une aventure littéraire.

Le début *in media res* pique la curiosité du lecteur, invité à rejoindre un univers fictif qui semble exister avant le début de la lecture. Dans *Je m'en vais*, le lecteur est désorienté par cette entrée abrupte dans le récit, même si l'*incipit* fournit des repères réalistes.

Des repères spatio-temporels réalistes

L'incipit propose quelques repères spatio-temporels : la scène se déroule un premier dimanche de janvier (indicateur chronologique, l. 9 ; décor...). L'action se situe à Paris (stations de métro, rue de l'Arcade, environs de l'église de la Madeleine).

Des personnages mystérieux

Les personnages et leurs actions n'en demeurent pas moins mystérieux. On ne sait pourquoi Félix Ferrer quitte sa femme, même si l'on apprend qu'elle a un « caractère difficile » (l. 17). On ne sait qui est Laurence, la jeune femme qu'il rejoint. Son nom ne figure d'ailleurs pas sur sa porte, détail symbolique qui indique le caractère instable et opaque de l'identité des personnages.

Ferrer est énigmatique : on ne connaît ne son âge, ni son apparence, qui ne seront dévoilés qu'à la fin du roman (p. 209), ni son métier. On ne dispose que de quelques indices : Ferrer feuillette un catalogue d'œuvres d'art traditionnel persan ; il se rend le lendemain à son « atelier ». Les actes du héros sont présentés sans la motivation qui permettrait de les comprendre. Ses pensées aussi sont complexes : Ferrer est soulagé mais « comme contrarié par ce soulagement même » (l. 19-20).

Des détails incongrus

Avare en informations sur les personnages, la narration s'attarde sur des détails incongrus car sans importance ou insolites, comme ce que Ferrer lit machinalement dans le métro : publicités de revêtements de sol, de messageries de couples et de revues d'immobilier (l. 23-25). La photo punaisée sur la porte de Laurence, représentant le matador Manuel Montoliu (l. 46) est aussi longuement décrite, jusqu'à fournir le nom du taureau qui l'a tué. La mise en avant de ce qui habituellement constitue la toile de fond d'un roman provoque un effet d'étrangeté.

UN INCIPIT LUDIQUE

L'ouverture de ce roman surprend également le lecteur par ses choix stylistiques et narratifs.

Jeux de focalisation

La focalisation, qui oscille entre plusieurs points de vue, contribue à la complexité de ce prologue. Le narrateur semble d'abord épouser un point de vue externe, comme le montre le verbe « sembler » qui caractérise l'état solitaire de Ferrer. L'ensemble du chapitre qui décrit le comportement des personnages sans rentrer dans leur psychologie confirme cette impression. Jean Echenoz adopte l'écriture « comportementaliste » caractéristique des romans policiers américains : l'histoire se construit au travers d'un narrateur effacé et neutre qui enregistre les actions de l'extérieur. Mais on trouve également un point de vue omniscient lorsque le narrateur détaille les pensées de Ferrer, surpris par la réaction de sa femme. Enfin, le narrateur commente les actions du personnage (« Il parvint au sixième étage moins essoufflé que j'aurai cru [...], l. 39-40), intrusion qui rompt le pacte réaliste et montre que le roman est une fiction.

Jeux stylistiques

L'*incipit* procède à de légers décalages stylistiques. On relève ainsi, dans la première phrase, un traitement du discours direct sans ses marques typographiques (tirets et guillemets). On note également l'usage d'une syntaxe qui bouscule les habitudes de lecture : phrase très longue pour décrire une simple pression des doigts (« Le temps [...] blanche », l. 48-51) ; déplacement de l'ordre des syntagmes (le prénom de Laurence arrive après sa description, l. 53). Enfin, on remarque la personnification discrète des choses (les « vitres » se « taisent », l. 7).

LE JEU DE LA RELECTURE

La fonction de l'*incipit* est de mettre en place les éléments narratifs et les codes du récit. Une fois le livre lu, la relecture de l'incipit permet de mieux saisir ce qui était d'abord passé inaperçu.

Circularité de la structure

La scène s'ouvre sur des paroles et se clôt sur un silence. Elle commence avec Suzanne et s'achève avec Laurence. Le chapitre adopte ainsi une structure circulaire qui est celle du roman. Le roman s'achève là où il a commencé : dans la maison de Ferrer. Le roman établit ainsi des échos entre le début et la fin (porte et boîte aux lettres rouge, premiers mots qui sont aussi les derniers).

Une écriture à contraintes

Jean Echenoz a expliqué que le roman était né du mot « atelier » présent à la fin de ce chapitre. *Je m'en vais* est aussi composé à partir d'une contrainte que s'est fixée l'écrivain : replacer dans un nouveau récit un personnage du roman *Un an* (1997), Ferrer, que l'on croit mort à la première page de *Un an* mais qui apparaît vivant à la fin du livre, partant à l'atelier... *Je m'en vais* explique cette fausse mort et justifie le mot « atelier ».

La construction du personnage principal

Si les informations sur Ferrer sont rares dans l'*incipit*, la relecture révèle que plusieurs indices donnent une idée du personnage. Ferrer est un séducteur, comme le montre son trajet rapide de Suzanne à Laurence. C'est aussi un solitaire : il est « seul dans son manteau » (l. 33) dans une ville singulièrement vide (voir le champ lexical du vide). Enfin, le matador dont le « cœur » a été ouvert « comme un livre » (l. 46) préfigure les ennuis de santé de Ferrer

CONCLUSION

Cet *incipit* propose un démarrage original qui désarçonne les habitudes de lecture et joue avec les attentes du lecteur. La dernière phrase du chapitre est une nouvelle surprise. Elle annonce un nouveau départ, comme si l'histoire commençait pour de bon...

On avançait toujours sur cette piste à peine perceptible que balisaient, tous les deux ou trois kilomètres, des cairns régulièrement dressés. Simples tumulus de pierres entassées par les premiers explorateurs de la région pour marquer leur passage, les cairns avaient d'abord servi de points de repère mais ils pouvaient aussi parfois contenir des objets témoignant de l'activité passée dans la région : vieux outils, restes alimentaires calcifiés, armes hors d'usage et même, parfois, des documents ou des ossements. Ainsi, une fois, un crâne dans les orbites duquel poussaient des brins de sphaigne.

On allait donc ainsi, de cairn en cairn, en visibilité réduite car les moustiques n'étaient pas seuls à obscurcir l'environnement, les brouillards s'y mettaient aussi. Non contents de troubler la transparence de l'air et dérober ainsi les objets au regard, les brouillards pouvaient aussi les grossir considérablement. Contrairement aux choses vues dans un rétroviseur, qui sont toujours plus proches qu'elles en ont l'air, parfois dans l'immensité blanche on croyait à portée de main la sombre silhouette d'un cairn qui était encore à une heure de traîneau.

L'affaire du pachyderme avait eu raison de la patience des guides. Dès la première station après Port Radium, chez un loueur de skidoos, on troqua tous les chiens contre trois de ces véhicules auxquels on attela des remorques légères. On poursuivit montés sur eux qui, dérisoires dans le silence arctique, émettaient de brèves pétarades de Vélosolex. Laissant derrière soi, sur la glace poussiéreuse, nombre de taches d'huile et de traînées graisseuses, on continua de sinuer entre les blocs, dessinant parfois de longues boucles pour contourner les barrières gelées sans croiser le moindre arbre ni le plus humble brin d'herbe, jamais.

INTRODUCTION

Situer le passage

Ferrer se trouve au pôle Nord ; accompagné de ses guides esquimaux, il avance vers la *Nechilik* et ses précieux objets inuits. Si Ferrer rencontre quelques difficultés dans sa progression, qui prennent un tour comique (la lutte avec les moustiques du chapitre 10), cet extrait insiste davantage sur le caractère monotone de l'expédition.

Dégager les axes de lecture

Le roman d'aventures traditionnel valorise les événements spectaculaires. Comme à rebours, ce passage, met en avant la monotonie du voyage et donne une vision prosaïque du pôle Nord, à l'opposé de la représentation idéalisée que l'on peut en avoir. Le paysage arctique dégage cependant une curieuse impression de fantastique.

UN VOYAGE MONOTONE

Jean Echenoz utilise tous les moyens stylistiques pour donner au voyage de Ferrer un aspect répétitif et ennuyeux.

L'étirement du temps

La monotonie de l'expédition se traduit par l'utilisation d'adverbes comme « toujours », « régulièrement » (l. 1 et 2) et de l'imparfait qui exprime l'idée d'un temps qui s'immobilise. Les groupes verbaux sont mis en valeur en étant placés en début de paragraphe. Le temps de l'imparfait marque l'aspect non limité de l'action dans un espace où, comme le rappelle le début du chapitre, « rien ne sépare les jours en cette saison » (pp. 59-60) à cause de l'été boréal. L'expédition semble flotter dans un état atemporel.

Un paysage vide

L'impression de répétition est renforcée par le vide qui imprègne les lieux. La fin du chapitre 6 avait déjà évoqué la blancheur qui « contracte l'espace » et le froid qui « ralentit le temps (p. 36). L'extrait évoque ici une « immensité blanche » qui modifie les proportions : l'homme n'est qu'un point minuscule et les skidoos apparaissent « dérisoires » (l. 24). C'est un espace sans végétation : pas « le moindre arbre ni le plus humble brin d'herbe, jamais » (l. 29). Le paysage se réduit à des « barrières gelées » qu'il faut contourner. Les cairns « tous les deux ou trois kilomètres » (l. 2) sont des repères monotones.

Des événements dérisoires

Les événements qui rompent cette monotonie sont insignifiants. « L'affaire du pachyderme » (p. 59) est racontée au début du chapitre : les chiens de traîneau se sont jetés sur un animal enfoui dans la glace et l'ont dévoré. Cet épisode contraint les guides à troquer les chiens contre des skidoos. C'est la seule action notable du chapitre. Contrairement à ce qui se passe dans les romans d'aventures du xixᵉ siècle, le voyage n'a plus rien d'exaltant : il n'est plus riche en événements spectaculaires et dramatiques. La comparaison du bruit des skidoos avec les « pétarades de Vélosolex » (l. 25) illustre cette banalité. Le Vélosolex est en effet un véhicule typiquement français… Le roman refuse ainsi de faire du pôle Nord un espace exotique.

LE PÔLE NORD OU LA FIN D'UN MYTHE

Le pôle Nord a longtemps été un mythe, celui d'un territoire vierge et inexploré. *Je m'en vais* montre un espace arctique marqué par la présence humaine.

Les traces du passé

Les cairns « simples tumulus de pierres entassées par les premiers explorateurs » (l. 3-4) attestent d'une présence humaine. Ils rappellent implicitement que Ferrer n'est pas le premier à découvrir ce territoire. Les cairns contiennent aussi des débris hétéroclites (l. 6-10) et font du pôle Nord une immense poubelle. La mention d'armes et d'ossements suggère également une violence tacite, habituellement gommée dans les romans d'aventures.

La pollution

Loin d'être un territoire immaculé, le pôle Nord apparaît comme un lieu sali, pollué. Le roman a déjà fait référence à une « glace malpropre » jonchée « de sombres masses de métal ou de ciment, de lambeaux de plastiques pétrifiés » (p. 46). L'adjectif « poussiéreuse » (l. 26) qui qualifie ici la glace montre que l'espace arctique ne correspond pas aux visions stéréotypées que l'on peut en avoir. Ferrer et ses guides, eux aussi, polluent l'espace en laissant derrière eux nombre de « taches d'huile et de traînées graisseuses » (l. 26-27).

UN ESPACE INSOLITE

Le pôle Nord revêt ainsi un aspect insolite et parfois même étrange. L'écriture insiste notamment sur des phénomènes optiques qui multiplient les illusions. Les descriptions valorisent également des visions décalées. Se dessine ainsi en oblique un véritable art poétique.

Les phénomènes optiques

« L'illusion règne en effet sous ces climats » (p. 73). Avant d'évoquer les phénomènes de parhélie au chapitre 12 (➜ LECTURE 3, p. 111), l'extrait évoque d'autres déformations optiques. La visibilité est réduite par les moustiques et le brouillard et aussi troublée : « Les brouillards s'y mettaient aussi » (l. 13). Si le pluriel suggère l'importance du phénomène, l'expression verbale, par son registre familier, ramène les mésaventures de Ferrer à un niveau trivial. De façon similaire, la comparaison avec le « rétroviseur » souligne la banalisation de l'illusion optique. Cette dernière existe cependant et se constitue même à l'inverse des « choses vues dans un rétroviseur » (l. 16) : les brouillards grossissent les objet et les rendent plus proches.

Gros plan sur un détail étrange

C'est justement ce que fait l'écriture en insistant sur un détail insolite : l'énumération éclectique et prosaïque des objets « témoignant de l'activité passée dans la région » (l. 6-7), se clôt sur une vision étrange : « Ainsi, une fois, un crâne dans les orbites duquel poussaient des brins de sphaigne[1] » (l. 9-10). L'étrangeté de la vision est provoquée par l'image macabre et l'apparition d'un mot rare et mystérieux.

Un art poétique

Ces décalages optiques sont aussi des décalages stylistiques qui résument bien l'art du romancier. Celui-ci est en effet capable de rendre familier et de banaliser un espace lointain ou, au contraire, dans le détail, d'accentuer son étrangeté et sa poésie. Les « paroles gelées » qui fondent doucement en chuchotant dans le chapitre 8 (p. 51) sont bien le symbole d'une langue qui veut donner du monde un nouvel aperçu. *Je m'en vais* ne présente pas une représentation stéréotypée, « surgelée », de notre époque. Le roman associe du reste le lecteur à la découverte de ce nouvel univers : le pronom « on » montre que tout le monde, et pas seulement le héros, est impliqué dans cette nouvelle aventure.

CONCLUSION

Jouant sur les conventions du roman d'aventures, ce passage montre que le temps n'est plus celui des « héros ». Le voyage, banal et monotone, ne donne pas au héros la possibilité de se dépasser. Il est en revanche l'occasion, pour le lecteur, d'acquérir une distance critique par rapport au monde contemporain. Autre forme de dépaysement, plus subtile, plus radicale.

---

1. Mousse renfermant des plantes à rameaux.

La *Nechilik*, on l'aperçut un beau matin, d'assez loin, petite masse effilée couleur de rouillé et de suie posée sur une banquise ponctuée d'affleurements rocheux, vieux jouet cassé sur un drap en loques. Elle semblait en effet coincée dans les glaces
5 au pied d'une éminence érodée, partiellement enneigée mais dont un flanc se brisait en succession de brèves falaises nues. À cette distance, l'épave ne paraissait pas trop mal conservée : maintenus par des haubans restés sous tension, ses deux petits mâts intacts se dressaient patiemment, et le poste de pilotage à
10 l'arrière du bâtiment semblait encore assez solide pour abriter des spectres grelottants. Sachant d'ailleurs ces régions riches en hallucinations et suspectant d'abord ce bateau d'être un fantôme soi-même, Ferrer attendit d'en être assez proche pour s'assurer de sa réalité.

15 L'illusion règne en effet sous ces climats. La veille encore, tenez, on avançait derrière ses lunettes noires, sans lesquelles le soleil arctique vous emplit les yeux de sable et la tête de plomb, quand ce même soleil s'était soudain multiplié dans les nuages glacés par effet de parhélie : Ferrer et ses guides s'étaient re-
20 trouvés aveuglés par cinq soleils simultanés, horizontalement alignés, parmi lesquels le vrai – avec deux autres astres supplémentaires à la verticale du vrai. Ç'avait duré une petite heure avant que ce vrai soleil se retrouvât tout seul.

D'aussi loin que l'on vit l'épave, Ferrer fit signe aux guides de
25 se taire et de ralentir comme si c'était une chose vivante, non moins qu'un ours blanc susceptible de vives réactions. On freina l'allure des skidoos dont on finit par couper les moteurs avant de s'approcher prudemment, d'un train de démineurs, poussant les engins par leur guidon avant de les appuyer contre la coque
30 d'acier du navire. Puis, les deux locaux se tenant à distance de la *Nechilik* qu'ils considéraient avec gravité, Ferrer entreprit de monter seul à bord.

Il s'agissait donc d'un petit bateau de commerce long de vingt-trois mètres et dont une plaque de cuivre, rivetée à la base
35 du gouvernail, déclinait la date de sa construction (1942) et le

lieu de son enregistrement (Saint John, New Brunswick). Le corps du navire et le gréement semblaient en bon état, pelliculés de gel et d'apparence cassante comme du bois mort. Ce qui avait dû être deux papiers froissés, traînant jadis sur le pont parmi des

40   nœuds de cordages, était devenu deux roses des sables sur fond de couleuvres cryonisées, le tout pris dans une couche de glace qui ne se fendilla même pas sous les bottes de Ferrer. Celui-ci pénétra dans la cabine de pilotage et la passa rapidement en revue : un registre ouvert, une bouteille vide, un fusil déchargé,

45   un calendrier de l'année 1957 orné d'une fille assez déshabillée qui rappelait brutalement et potentialisait l'extrême température ambiante, soit dans les moins vingt-cinq degrés.

INTRODUCTION

Situer le passage

Ferrer et ses guides sont arrivés devant la *Nechilik* qui contient le trésor Inuit. Le passage est une description de l'épave échouée dans les glaces. Le moment est important car il clôt l'expédition polaire.

Dégager les axes de lecture

La description propose une vision spectaculaire du bateau. Elle repose sur une structure qui met fortement en scène le regard et les jeux optiques. Elle donne du bateau une image transfigurée, placée sous le double signe de la poésie et du ludique.

LA MISE EN SPECTACLE DU BATEAU

La description n'est pas statique : elle suit le regard de Ferrer. En privilégiant ce regard en mouvement, la description valorise différentes perceptions optiques ainsi que différents points de vue.

Une structure animée

La description s'organise selon la logique du zoom avant : le bateau est vu de loin puis de près et en gros plan, avec la description des objets de la cabine de pilotage.

La présence de la *Nechilik* est tout d'abord mise en valeur, d'une part parce que le nom du bateau occupe une place stratégique (il ouvre le chapitre), d'autre part parce qu'il constitue un élément antéposé qui est repris par le pronom « l' » dans la suite de la phrase. Il s'agit d'une figure de construction rhétorique, la « prolepse grammaticale », insistant sur un élément. Le texte est ensuite structuré par des indicateurs spatiaux : « d'assez loin », « à cette distance » (l. 1 et 7), « D'aussi loin » (l. 26). Ce n'est que dans le quatrième paragraphe que l'on peut avoir une vision plus nette du bateau. La description fournit alors de nombreux détails (longueur, date de construction, lieu d'enregistrement…) qui relèvent davantage d'un point de vue omniscient que d'une focalisation interne.

Des points de vue variés

La vision du bateau est initialement assumée par le pronom « on » : « On l'aperçut… » (l. 1) qui implique Ferrer, ses guides et le lecteur. Mais au fur et à mesure qu'on s'approche de la *Nechilik,* le pronom « on » est remplacé par le nom de Ferrer qui semble prendre en charge, seul, la description. C'est d'ailleurs seul que Ferrer monte à bord pendant que les « locaux » se tiennent à distance (l. 30-32). La description se resserre sur un point de vue (le sien) et sur un gros plan sur le trésor, créant ainsi une tension dramatique.

Une digression

La digression du second paragraphe sur les illusions optiques boréales brise cette structure linéaire. L'effet de diversion est particulièrement frappant. La digression s'amorce par une phrase au présent de vérité générale, marquant un écart par rapport au temps du récit. Le passage malmène ensuite l'ordre chronologique avec un retour en arrière. Il introduit également une rupture énonciative : c'est le narrateur qui s'adresse directement au lecteur, par le verbe à l'impératif « tenez » (l.15) et le pronom « vous » (l. 17) qui assimile le lecteur aux personnages.

Cette pause a plusieurs fonctions : elle rompt la monotonie de la description et crée du suspense. Elle place aussi le bateau sous le signe de l'illusion d'optique. C'est une image transfigurée du bateau que propose le texte.

LA TRANSFIGURATION LUDIQUE ET POÉTIQUE DU BATEAU

L'écrivain donne une image particulièrement poétique du bateau en multipliant les comparaisons et les personnifications.

Une vision ludique

La *Nechilik* est d'abord présentée comme un objet miniature. L'adjectif qualificatif « petit » est employé à plusieurs reprises (l. 1 et 8). La petitesse du bateau correspond certes à une vision lointaine. Mais la comparaison de l'épave avec « un vieux jouet cassé » (l. 3) montre également que la description s'inscrit dans un registre humoristique. L'énumération des objets de la cabine de pilotage le confirme. Elle se clôt par la description, plus longue, du calendrier de 1957 « orné d'une fille assez déshabillé qui rappelait brutalement et potentialisait l'extrême température ambiante, soit dans les moins vingt-cinq degrés » (l. 45-47). L'écriture établit ici un plaisant contraste entre la chaleur suggérée par la pin-up et le froid polaire. Elle opère aussi un rapprochement entre virtuel et réel. En dotant l'image d'un tel pouvoir, l'écrivain suggère implicitement la puissance de la fiction.

Une vision poétique

La *Nechilik* est sans cesse personnifiée. La personnification peut être discrète, comme le suggère l'adverbe « patiemment » (l. 9) appliqué aux mats du navire. Elle peut être plus ostentatoire : les personnages ralentissent à l'approche de l'épave « comme si c'était une chose vivante, non moins qu'un ours blanc susceptible de vives réactions » (l. 25-26). Si l'évocation de l'ours blanc fait un clin d'œil au passage humoristique (p. 63), l'impression de mystère reste cependant forte. C'est d'ailleurs avec « gravité (l. 31) que les guides contemplent le bateau. Celui-ci est sans cesse transfiguré par un regard poétique. Ainsi, des papiers froissés et des nœuds de cordages se métamorphosent, par la grâce d'une double métaphore en « roses des sables » et en « couleuvres cryonisés » (l. 40-41) L'allusion (les roses des sables) à un univers de chaleur aux antipodes du pôle Nord glacé et l'utilisation d'un terme scientifique rare (« cryonisés » qui signifie saisi par le froid) contribuent à l'effet d'étrangeté.

Une vision surnaturelle

Le temps semble s'être figé dans la glace, suspendu à la date du naufrage. D'où la présence très forte du passé. Le passage est innervé par le champ lexical du surnaturel : le poste de pilotage semble abriter « des spectres grelottants » (l. 11) , l'épave menace d'être un « fantôme » (l. 12-13). Plus loin un escalier apparaît « surna-turellement glissant ». Le texte renoue avec les vaisseaux fantômes chers à l'imaginaire des romans d'aventures. Mais comme toujours chez Jean Echenoz, l'esthétique du poétique et du merveilleux est contrebalancée par un brusque retour à la réalité. Il s'agit pour Ferrer de récupérer le trésor inuit et avec lui une fortune.

CONCLUSION

Le paragraphe consacré aux effets de parhélie peut être consi-déré comme une mise en abyme de l'écriture de Jean Echenoz, qui produit des illusions en transfigurant de manière poétique le monde, en proposant des décalages qui, comme les cinq « soleils simultanés » (l. 20) aperçus par Ferrer, accroissent l'incertitude entre le vrai et le faux, le réel et la fiction. Et ce n'est pas le moin-dre paradoxe de cette description que de donner à voir un Grand Nord ressemblant furieusement à un Grand Sud, avec un soleil qui emplit « les yeux de sable » (l. 17), avec des feuilles qui ressem-blent à des « roses des sables » (l. 40) et un calendrier (l. 45-47) qui affiche des températures caniculaires.

Ça, oui, peut-être, fit pensivement Réparaz. Ça, je crois que j'aimerais bien le mettre chez moi. Évidemment c'est un peu grand mais ce qui me gêne surtout, c'est le cadre. Est-ce qu'on ne pourrait pas changer le cadre ? Attendez une seconde, dit
5   Ferrer, vous avez vu que l'image est un petit peu violente, quand même, vous convenez que c'est un petit peu brutal. Ce cadre, l'artiste l'a justement fait faire spécialement pour ça, n'est-ce pas, parce que ça fait partie du truc. Ça fait complètement partie du truc. Si vous le dites dit le collectionneur. C'est évident,
10 dit Ferrer, par ailleurs ce n'est pas cher. Je vais réfléchir, dit Réparaz, je vais en parler à ma femme. C'est aussi que le sujet, voyez-vous, elle est assez sensible. Comme c'est quand même un peu, je ne voudrais pas que ça la. Je comprends parfaitement, dit Ferrer, réfléchissez. Parlez-lui-en.

15 Après le départ de Réparaz, personne d'autre ne poussa la porte de la galerie jusqu'à l'heure de la fermeture qu'avec Élisabeth on anticipa. Ferrer, un peu plus tard, devait retrouver Hélène au restaurant convenu, vaste salle ombragée parsemée de petites tables rondes à nappes blanches, lampes de cuivre in-
20 times et petits bouquets étudiés, service assuré en souplesse par de jolies personnes exotiques. Ferrer y croisait souvent des gens qu'il connaissait un peu sans les saluer nécessairement, mais se faisait toujours un plaisir de sympathiser avec les exotiques. À cet égard, ce soir, il conviendrait de se tenir au risque de s'en-
25 nuyer un peu avec Hélène, toujours très peu loquace et actuellement vêtue d'un tailleur gris clair à fines rayures blanches. Si ce tailleur, hélas, n'était pas violemment décolleté, Ferrer put observer quand même qu'autour du cou de la jeune femme, tenu par une mince chaîne en or blanc, un pendentif en forme
30 de flèche indiquait très clairement la direction de ses seins, voilà qui soutient l'attention, voilà qui maintient votre vigilance.

INTRODUCTION

Situer le passage

Ferrer, sorti de l'hôpital, reprend peu à peu son activité dans sa galerie d'art. Il y accueille Réparaz, un client familier qui regarde différentes œuvres. Son regard s'arrête sur une toile représentant un viol collectif, « dans un gros cadre en fer épaissement barbelé » (p. 163). Ferrer discute avec lui puis songe à sa soirée avec Hélène.

Dégager les axes de lecture

Ce passage propose une réflexion sur l'art de la séduction qui agit à tous les niveaux, sur le plan personnel, amoureux, comme sur celui de la vie commerciale. L'extrait met ainsi en valeur différents détournements du discours, en prenant l'aspect d'un discours séduisant.

LES FAUSSES SÉDUCTIONS
DE L'ART CONTEMPORAIN

Le roman a dépeint les impostures de l'art contemporain. Ce passage montre les dérives d'un art devenu un marché commercial.

Une œuvre marchandise

La toile qui attire Réparaz est présentée sans nom d'artiste, ce qui la rend anonyme. Elle est ensuite désignée dans le discours de Réparaz par des termes qui renvoient à l'informe : le présentatif « ça » répété à deux reprises (l. 7 et 8), le mot « truc » que Ferrer emploie lui aussi deux fois. Le sujet (un viol) est éludé par l'acheteur qui s'intéresse au format (« un peu grand », l. 2 et 3) et au cadre (trop agressif). Malgré un sujet violent et subversif, la toile doit donc s'adapter à l'appartement de Réparaz qui souhaite acheter une œuvre inconfortable... pour son confort. Selon une vision très bourgeoise, l'art est perçu comme un bien de consommation.

Un consommateur docile

Réparaz prend la pose de l'amateur d'art : il contemple la toile « pensivement » (l. 1), adverbe démenti de manière humoristique par ses paroles. Réparaz met en effet en avant l'aspect matériel du tableau (le cadre et la dimension). Ferrer en profite pour souligner son faible prix : « par ailleurs ce n'est pas cher » (l. 10). Consommateur docile, Réparaz adopte le discours de Ferrer (« Si vous le dites », l. 9) et suit les conseils de sa femme (« je vais en parler à ma femme », l. 11). Ce n'est pas un amateur d'art, seulement un homme d'affaires qui gagne « énormément d'argent » et qui « s'ennuie énormément » (p. 39).

Un discours entre le trop et le peu : un dialogue creux

Comme dans tout le roman, les dialogues ne sont pas démarqués typographiquement du récit. Ils sont au contraire banalisés, ce que montre également l'emploi d'un unique verbe, « dire », pour introduire le discours. Cette répétition montre symboliquement que ce dialogue est le discours stérile du ressassement, du retour au même. Le martelage des expressions (Réparaz et le mot « cadre », Ferrer et le mot « truc ») a une fausse valeur argumentative. Le discours sur l'art se réduit à des expressions stéréotypées applicables à n'importe quel produit vendu.

Le discours entre les personnages est donc creux, consensuel, ce que traduisent les oxymores de Ferrer : l'image est « un petit peu violente », le sujet de la toile est « un petit peu brutal » (l. 5-6), relayées par les ellipses de Réparaz : « Comme c'est quand même un peu, je ne voudrais pas que ça la. » (l. 12-13). En fait, la question de l'art est mise entre parenthèses.

UN VRAI SÉDUCTEUR, FERRER

Si Réparaz collectionne les œuvres d'art, Ferrer, lui, collectionne les femmes, comme le montrent les deuxième et troisième paragraphes. Ce n'est sans doute pas par hasard que son nom est l'homonyme du verbe « ferrer », dans le sens où il s'agit bien

pour Félix de saisir des femmes, comme le pêcheur qui « ferre »
un poisson.

Des discours qui se contaminent

Ferrer doit voir Hélène après Réparaz. Cette succession implique également des interférences de domaines. Le viol représenté par la toile jette un soupçon sur le rôle de séducteur de Ferrer : quelle différence entre un homme à femmes comme l'est Ferrer et un violeur ? Quelle différence entre l'avis de la femme de Réparaz qui va se prononcer sur l'achat de la toile et les conseils qu'Hélène promulguera plus tard sur les artistes de la galerie ? Les questions restent en suspens et ne sont visibles qu'à la relecture du texte.

Les conquêtes de Ferrer

Le roman a montré que Ferrer utilisait toutes les occasions pour séduire une femme. Le deuxième paragraphe illustre cette aptitude. Ferrer se rend régulièrement dans le même restaurant où il croise des jeunes femmes dont il espère faire une connaissance plus approfondie. La phrase qui décrit ce moment joue en finesse sur les antithèses les plus franches et les euphémismes les plus raffinés. Au discours mou qui enveloppe la question de l'art succède des paroles de désir sexuel plus radicales : « il [Ferrer] se faisait toujours un plaisir de sympathiser avec les exotiques. » (l. 22). L'adverbe « toujours » s'oppose aux tergiversations engendrées par l'achat de l'œuvre picturale tandis que le terme « exotiques » qui désigne les jeunes serveuses suggère que l'aventure amoureuse est plus dépaysante que le voyage ou l'art.

UNE SÉDUISANTE ET ÉNIGMATIQUE
JEUNE FEMME

Hélène reparaît dans le roman, séduisante et mystérieuse.

Une ambiance convenue

Ferrer a retenu un restaurant fait pour la rencontre amoureuse. La description du lieu suit métaphoriquement l'évolution de la rencontre : elle commence par une « vaste salle » (l. 18) et se poursuit par la mention de lampes « intimes » (l. 19) et de « petits bouquets » (l. 20). On passe d'un lieu public à un espace intime… On retrouve là les éléments du décor qui composait l'appartement de Sonia baignant dans une « ambiance harmonieuse et non violente » (p. 108). Et c'est pour cela justement que l'on est en droit de se méfier, comme l'indique la fin de la description qui mentionne le service « en souplesse » effectué par de « jolies personnes exotiques » (p. 164).

Une vision érotique

Le portrait d'Hélène introduit une triple rupture dans ce décor intimiste. Une rupture d'abord temporelle, puisque l'on passe du mode conditionnel (moment où Ferrer envisage la rencontre) au mode indicatif : l'imparfait et l'adverbe « actuellement » (l. 25-26) signalent discrètement que l'on est passé du temps des fantasmes à celui de la réalité. Une rupture ensuite de sujet : après avoir évoqué de manière floue et générale les femmes qui font rêver Ferrer, le texte décrit longuement et précisément la tenue vestimentaire d'Hélène (l. 26-31). Une rupture enfin d'ordre énonciatif : le narrateur intervient intempestivement pour juger la jeune femme.

Le point de vue du narrateur et de Ferrer

Ce n'est pas la première fois que le point de vue du narrateur s'affiche. Dans le chapitre 26, le narrateur est déjà intervenu pour suggérer que Ferrer aurait pu inviter Hélène au restaurant (p. 161). C'est donc en spectateur complice qu'il assiste à cette scène de rencontre, s'immisçant malicieusement entre les protagonistes pour commenter l'épisode. Il le fait sans s'afficher sous le masque du « je » mais en glissant dans la description quelques modalisateurs qui témoignent de sa présence narquoise. L'adverbe « hélas » (l. 27) ou l'hyperbolique « violemment » (l. 27) signalent son regret face à un tailleur qui n'est pas assez décolleté à ses yeux tandis que la fin de la phrase s'applique à entremêler son point de vue, celui de Ferrer et celui du lecteur : « un pendentif en forme de flèche indiquait très clairement la direction de ses seins, voilà qui soutient l'attention, voilà qui maintient votre vigilance. » (l. 29-31) On notera ici le brusque passage de l'imparfait au présent qui contribue à actualiser la scène et à impliquer le lecteur. Ce dernier est du reste directement pris à parti par l'adjectif possessif « votre » (l. 31). Si la répétition, dans le discours commercial, témoignait d'une pensée creuse, elle est ici au contraire associée à un embrasement érotique et rhétorique. La cadence binaire alliée aux effets d'échos sonores (« soutient »/« maintient ») illustre ce parti pris euphorique.

CONCLUSION

Ce passage dévoile le double enjeu du roman : porter un regard de sociologue (la scène entre Ferrer et Réparaz) ; porter un regard de psychologue en montrant l'écart ou le désir qui peuvent naître dans une relation amoureuse. L'écriture malicieuse de cette double analyse sollicite la complicité du lecteur.

Restait évidemment Hélène, bien que Ferrer fût hésitant à l'idée de reprendre contact avec elle. Il ne l'avait plus vue depuis le jour qu'elle s'était maquillée, lui-même ayant aussitôt filé vers l'Espagne, et ne sachant toujours pas bien comment se compor-
5 ter avec elle et que penser. Trop lointaine et proche, offerte et froide, opaque et lisse, elle laissait très peu de prises permettant à Ferrer de s'accrocher vers on ne sait quel sommet. Il se résolut quand même à la rappeler mais, même avec Hélène, il ne put obtenir de rendez-vous avant une semaine. Celle-ci
10 passée, après qu'il eut repoussé trois fois l'idée d'annuler ce rendez-vous, tout se passa selon le processus désespérément commun, je veux dire qu'on dîna puis on coucha ensemble, ce ne fut pas une parfaite réussite mais on le fit. Puis on le refit. Cela se passa un peu mieux donc on recommença jusqu'à ce que cela
15 devint pas mal, d'autant qu'entre ces étreintes on commençait de parler plus souplement, il advint même qu'on rît ensemble : on avançait, peut-être qu'on avançait.

Continuons d'avancer, maintenant, accélérons. Dans les semaines qui suivent, non seulement Hélène vient passer de
20 plus en plus de temps rue d'Amsterdam, mais elle fréquente aussi la galerie de plus en plus souvent. Bientôt elle a un double des clefs de l'appartement, bientôt Ferrer ne renouvelle pas le contrat d'Élisabeth et c'est naturellement Hélène qui lui succède, héritant aussi des clefs de la galerie restituées par Suzanne
25 devant le Palais de justice.

Hélène apprend assez vite le métier. Elle acquiert si finement l'art d'arrondir les angles que Ferrer lui confie, d'abord à mi-temps, l'essentiel des relations avec les artistes. Elle est chargée par exemple de superviser l'évolution du travail de Spontini,
30 de remonter le moral de Gourdel ou de modérer les prétentions de Martinov. Ce rôle est d'autant plus nécessaire que Ferrer est très absorbé par la gestion des antiquités retrouvées.

INTRODUCTION

Situer le passage

Le passage se situe à la toute fin du roman. Ferrer a retrouvé le trésor inuit mais il est dans l'incertitude sentimentale. Le roman doit proposer un dénouement qui règle les questions financières et sentimentales.

Dégager des axes de lecture

Ce passage illustre les différentes gestions du temps du récit. Il se divise en effet en deux moments : le premier met en avant les lenteurs et les hésitations de l'histoire. Un autre, en revanche, propose des effets d'accélérations qui rendent trépidante la relation sentimentale entre Ferrer et Hélène. Au-delà de la prouesse narrative, ces variations temporelles montrent que l'histoire amoureuse est vouée à l'échec.

TERGIVERSATIONS

L'extrait met en valeur les doutes sentimentaux de Ferrer. Il tâche de rationaliser sa vie affective (« casiers jadis posés », « dossiers en cours », p. 213), mais Hélène y réintroduit le doute.

Hésitations

Ferrer hésite à la recontacter (l. 1-2). Dès le début, l'amour est placé sous le signe de l'incertitude : « Ferrer sentit dès les premiers instants que ça n'allait pas marcher entre eux. » (p. 150). Hélène est un personnage austère qui le désarçonne. Après être apparu comme une « visitandine » (p. 150), sans maquillage, elle crée la surprise un jour en se fardant légèrement : « cela changeait et compliquait tout. » (p. 196). Ferrer n'a donc pas revu Hélène depuis ce jour là, « lui-même ayant aussitôt filé vers l'Espagne » (l. 3-4).

Les indications temporelles reflètent aussi les tergiversations de Ferrer : ce dernier n'obtient pas immédiatement un rendez-vous ;

il doit patienter « une semaine » (l. 9) pendant laquelle il continue à hésiter (l. 10-11).

Un portrait oxymorique

La phrase épouse un rythme ternaire qui multiplie l'alliances d'adjectifs qualificatifs antithétiques, oxymoriques, qui traduisent sa complexité : « lointaine et proche » (l. 5-6), « offerte et froide » (l. 5-6), « opaque et lisse » (l. 6). Hélène est déconcertante et Ferrer ne sait pas « comment se comporter avec elle et que penser » (l. 4-5) L'adverbe « trop » placé en début de phrase illustre le caractère hyperbolique de cette description. De même, la métaphore filée qui l'assimile à une montagne qu'il s'agit d'escalader contribue à l'atmosphère humoristique. Sans être une caricature, ce portrait force le trait.

ACCÉLÉRATIONS

C'est le deuxième moment. Après une première nuit d'amour qui piétine, le récit s'emballe en multipliant les ellipses et les effets d'accélération.

Le déclenchement de l'action

La rencontre se clôt de manière stéréotypée, « un processus désespérément commun » (l. 11-12). Les répétitions de ce passage (« on le fit », « Puis on le refit », « on recommença », l. 13-14) signalent que le temps se resserre et qu'une nouvelle vie commence. Le pronom « on » confond, de manière comique, l'homme et la femme, faisant d'eux un couple.

Le rôle du narrateur

Le narrateur est très présent dans cette scène, notamment par sa fonction de régie : il impose une accélération au récit. L'impression de vitesse est rendue par trois procédés stylistiques. Les interventions du narrateur, placées à des endroits stratégiques du texte (fin ou début de paragraphe) : « Continuons d'avancer, maintenant, accélérons. » (l. 18). Par le changement de temps, du passé simple au présent qui actualise les actions. Enfin, par l'utilisation d'indicateurs temporels qui enchaînent les actions avec rapidité : (l. 12, 18, 21, 22, 26 et 27).

L'importance grandissante d'Hélène

Hélène, personnage secondaire, devient personnage principal, occupant tout le terrain intime (elle passe du temps rue d'Amsterdam, l. 19-20) et professionnel (elle finit par remplacer Élisabeth à la galerie, l. 23). Ferrer, après avoir posé ses clefs au début du roman les remet à Hélène (celles de son appartement et de la galerie). Symboliquement, il lui donne tout pouvoir.

ANTICIPATIONS

La relecture révèle que l'histoire d'amour se terminera aussi mal qu'elle a commencé.

Une « première fois » banale

Echenoz joue du lieu commun de la première nuit amoureuse. Le passage souligne la médiocrité et la banalité de ces débuts érotiques. Le « processus » est « désespérément commun » (l. 11-12). L'adverbe marque ici le point de vue dévalorisant du narrateur. L'acte érotique, dont la description est éludée, n'est pas une « parfaite réussite » (l. 13) même si par la suite il devient « pas mal », au prix d'essais répétitifs et poussifs. Autant de termes qui réduisent la relation à une prouesse sexuelle technique banale.

Une relation peu intime et vouée à l'échec

Les débuts de la relation amoureuse privilégient la sphère professionnelle. Les personnages, même s'ils peuvent « parler plus souplement » (l. 16) ou rire ensemble (l. 16) sont figés dans des rôles de marionnettes sociales. Hélène est redoutable dans l'art d'acquérir « naturellement » (l. 23) le sens du métier. Comme Delahaye, l'ancien associé de Ferrer, elle sait « arrondir les angles » (l. 27). Cette expression qui était déjà présente dans le roman (p. 169) montre que l'histoire, pour Ferrer, se répète. Elle annonce la future déception sentimentale du héros.

De nombreux indices (perçus à la relecture) vouent la relation de Ferrer avec Hélène à l'échec. Celle-ci apparaît comme une femme ambitieuse et dominatrice. Ferrer, passif et naïf lui délègue tous ses pouvoirs, la mettant en contact avec les artistes, en particulier Martinov, très en vue, dont elle doit « modérer les prétentions » (l. 30-31). Expression qui, à la relecture, semble à double sens. La syntaxe de la phrase le montre subtilement : elle rassemble les artistes dans un mouvement ternaire qui se clôt sur la mention de Martinov, selon un rythme ascendant.

CONCLUSION

Ce passage donne un nouveau souffle à l'action, alors que tout semblait fini, avec l'élucidation du vol du trésor inuit. Ce faux appel d'air fait contraste avec la clôture réelle du roman sur le retour du même, l'enlisement de Ferrer dans une vie de célibataire accompagné. C'est donc d'une manière paradoxalement joyeuse que l'extrait anticipe sur l'échec d'une vie personnelle vouée à la solitude.

Bibliographie

Œuvres en relation avec *Je m'en vais*

Un an, Les Éditions de Minuit, 1997.

« La Nuit dans les Adirondacks », préface du *Maître de Ballantrae* de Robert-Louis Stevenson, POL, 1994. Réédité sous la forme d'une postface dans *Le Maître de Ballantrae*, Paris, Gallimard, coll. « Folio-Classique », 2000.

Esthétique du pôle Nord, Michel Onfray, photographies d'Alain Szczucnynski, Grasset, 2002 ; Livre de Poche, coll. « Biblio-essais ».

La Trilogie de mes pères, Jorn Riel, Gaïa, 1995 ; Bourgois, coll. « 10/18 ».

Entretiens sur *Je m'en vais*

« Il se passe quelque chose avec le jazz », entretien de Jean Echenoz avec Olivier Bessard-Banquy, *Europe*, n° 820-821, « Jazz et Littérature », août-septembre 1997.

« L'atelier d'écriture de Jean Echenoz », film de Pascale Bouhénic, Editions du Centre Georges Pompidou, 1998.

« Dans l'atelier de l'écrivain », entretien avec Geneviève Winter, Pascaline Griton et Emmanuel Barthélémy, *Je m'en vais*, Les Éditions de Minuit, collection « Double », n° 17, 2001.

« Flaubert m'inspire une affection absolue », entretien avec Pierre-Marc de Biasi, *Le Magazine littéraire*, n° 401, septembre 2001.

« La phrase comme dessin », entretien avec Christine Jerusalem, revue *Europe*, n° 888, avril 2003.

Sur l'œuvre de Jean Echenoz

BLANCKEMAN Bruno, *Les récits indécidables* Jean Echenoz, Hervé Guibert, Pascal Quignard, Presses Universitaires du Septentrion, 2000.

BESSARD-BANQUY Olivier, *Le roman ludique : Jean Echenoz, Jean-Philippe Toussaint*, Éric Chevillard, Presses Universitaires du Septentrion, 2003.

BRUNEL Pierre, « Jean Echenoz ou le travail sur un genre », *La Littérature française aujourd'hui*, Pierre Brunel, Vuibert, coll. « Idées et Références », 1997.

BRUNEL Pierre, « Jean Echenoz : *Je m'en vais*, l'art du bricolage en matière de roman », *Glissements du roman français au xxe siècle*, Klincksieck, 2001.

GODARD Roger, *Itinéraires du roman contemporain*, Armand-Colin, 2006.

JERUSALEM Christine, *Jean Echenoz : géographies du vide*, Publications de l'Université de Saint-Étienne, Travaux-CIEREC, 2005.

JERUSALEM Christine et VRAY Jean-Bernard (dir.), *Jean Echenoz : une tentative modeste de description du monde*, Publications de l'Université de Saint-Etienne, 2006.

LEBRUN Jean-Claude, *Jean Echenoz*, Éditions Du Rocher, 1992.

LOUBRY-CARETTE Sidonie (études réunies par), *Jean Echenoz, Les Grandes Blondes, Un an et Je m'en vais,* Lille, Roman 20-50, Revue d'étude du roman du xxe siècle n° 38, décembre 2004.

ROCHLITZ Rainer, « *Un an* de Jean Echenoz », *L'art au banc d'essai, Esthétique et critique*, Gallimard, NRF Essais, 1998.

PROFIL PRATIQUES DU BAC

PROFIL HISTOIRE LITTÉRAIRE